Les Éditions du Boréal
4447, rue Saint-Denis
Montréal (Québec) H2J 2L2
www.editionsboreal.qc.ca

DE L'AUTRE CÔTÉ
DU PONT

DU MÊME AUTEUR

AUX ÉDITIONS DU BORÉAL

ROMANS
À voix basse
Les Choses d'un jour
Courir à sa perte
La Fleur aux dents
La Fuite immobile
Les Maladresses du cœur
Parlons de moi
Les Pins parasols
Le Tendre Matin
La Vie à trois
Un homme plein d'enfance

NOUVELLES
Comme une panthère noire
De si douces dérives
Enfances lointaines
L'Obsédante Obèse et autres agressions
Tu ne me dis jamais que je suis belle

RÉCIT
Un après-midi de septembre

CHRONIQUES
Chroniques matinales
Dernières Chroniques matinales
Nouvelles Chroniques matinales
Les Plaisirs de la mélancolie
Le Regard oblique

CHEZ D'AUTRES ÉDITEURS

Stupeurs, proses
Le Tricycle suivi de *Bud Cole Blues*, textes dramatiques
Une suprême discrétion, roman
Le Voyageur distrait, roman

Gilles Archambault

DE L'AUTRE CÔTÉ DU PONT

roman

Boréal

Les Éditions du Boréal remercient le Conseil des Arts du Canada ainsi que le ministère du Patrimoine canadien et la SODEC pour leur soutien financier.

Les Éditions du Boréal bénéficient également du Programme de crédit d'impôt pour l'édition de livres du gouvernement du Québec.

© 2004 Les Éditions du Boréal
Dépôt légal : 4ᵉ trimestre 2004
Bibliothèque nationale du Québec

Diffusion au Canada : Dimedia
Diffusion et distribution en Europe : Les Éditions du Seuil

Données de catalogage avant publication (Canada)
    Archambault, Gilles, 1933-
    De l'autre côté du pont
    ISBN 2-7646-0320-7
    I. Titre.
    PS8501.R35D39   2004   C843'.54   C2004-940986-7
    PS9501.R35D39   2004

Pour Pascal A.

Depuis des années, je me sens en ce monde de l'autre côté du pont.

Louis Calaferte, *Le Spectateur immobile*

I
LE MATIN

Il ne s'était rien passé, sinon ce qui se passe sur tous, l'âge, le vieux temps.

Pierre Michon, *Vies minuscules*

Pour accéder à la maison de Louis Audry, un cottage en briques rouges, il faut gravir les marches d'un petit escalier. Huit au total. En hiver, il peut arriver qu'une mince couche de glace s'y forme, rendant plutôt hasardeuse son escalade. D'autant que l'absence de rampe ne facilite en rien l'opération. On est fin avril. Le soleil a fait fondre en partie la neige tombée la veille. Louis écarte les lattes du store vertical. Aujourd'hui, jour de ses soixante-quinze ans, il ne sortira pas. Il attendra plutôt des visiteurs. Ses enfants pour commencer. Du moins deux d'entre eux. Son fils est en poste à New York. Sept ans déjà. Il n'a pu venir. Il semble se plaire dans une ville que Louis a aimée jadis. Dit-on la vérité à son père ? Surtout si ce dernier est distant de nature ? Ce qui ne simplifie pas les choses, Louis est écrivain. Un écrivain qui n'a rien publié depuis longtemps. Ex-éditeur de surcroît. On répète de moins en moins qu'il est « l'une des voix majeures de la littérature québécoise ». Il ne s'en formalise pas.

Alain vient d'avoir quarante-deux ans. Avant de quitter Montréal pour Washington, son premier poste, il s'est marié. Un mariage qui n'a duré que trois mois. Il avait déniché une écervelée en qui il avait cru déceler une perle. Dénuée de beauté selon Louis, sotte en plus, déplaisante, une peste. Alain en a voulu à son père de cet échec. Comme s'il était responsable de tous ses échecs. Parfois quand il ne parvient pas à dormir, Louis se dit que son fils a choisi la diplomatie pour l'éviter.

« Moi, un pauvre veuf », lance-t-il en blaguant devant ses filles, facilement accessibles, et qui ne le prennent pas toujours au sérieux. De toute évidence, Sylvie et Johanne considèrent qu'il est plus ou moins hors du coup. Il ne fait rien pour les en dissuader.

Il y a cinq ans, il a rendu visite à son fils. Quelques mois après son divorce. Alain lui a paru désemparé. Pas plus à l'aise dans la vie que son père. Les deux hommes ne se sont pas quittés pendant une semaine. Aux Nations Unies, Alain avait des responsabilités tellement floues qu'il pouvait s'absenter presque à volonté. Ils avaient fait le tour des musées, étaient allés entendre un jeune pianiste turc en qui on voyait un futur Rubinstein. Ils avaient surtout marché dans Central Park. L'automne était doux. À la fin du séjour, Louis avait l'impression de s'être rapproché d'un enfant qui lui avait toujours échappé. Il avait même envisagé pendant quelques heures de se mettre à l'écriture d'un roman dont les relations père-fils seraient le pivot. Quelques heures à peine, vraiment. Le temps avait fui, comme il était normal, le projet lui avait paru futile. Non, sa vie d'écrivain était derrière lui. Vingt ans déjà qu'il n'avait rien publié. Il s'était habitué à n'être plus qu'un écrivain du passé.

Cette année, à l'occasion de son soixante-quinzième anniversaire, on publiera en septembre en un seul volume les cinq brefs romans qui constituent ce qu'il nomme en se moquant ses « œuvres complètes ». L'éditeur a même demandé à un de ses amis d'écrire une préface. Louis doit en prendre connaissance tout à l'heure.

Déjà deux semaines que Raymond Boujut lui a remis avec mille explications et autant de précautions une introduction dont il sait qu'elle sera laborieuse. Louis n'a aucune envie de savoir ce que Raymond pense de ses romans. Mais puisqu'il a accepté le principe de cette réédition, il n'est plus question de reculer. Quelle mouche a piqué l'éditeur ? Personne ne lit plus les œuvres dites complètes, sauf les professionnels. Surtout si elles sont le fait d'un écrivain dont l'univers s'est peu à peu évanoui.

Louis passe ses journées en robe de chambre, ne lit plus les journaux, n'allume plus la télévision que pour les films de fin de soirée. Quand il reçoit, dans ce qui a été son cabinet de travail, un étudiant ou un professeur de lettres, il a souvent l'impression d'être un imposteur. Est-ce bien de lui qu'on parle ? A-t-il vraiment été l'être torturé que l'on perçoit dans ses romans ? Il a longtemps tenté de ne décevoir personne, jouant le jeu pendant un certain temps, se retenant de tout démolir par une remarque désabusée, mais il n'a jamais été dupe. C'est par respect pour l'admiration qu'il perçoit parfois chez ses interlocuteurs qu'il ne se décide pas à mettre fin brusquement à la rencontre en affirmant que ses livres sont morts et que c'est perdre son temps que de s'y attarder. S'il a parfois l'impression d'avoir triché, il se dit qu'il n'est pas malheureux d'avoir été écrivain. Il a eu cette chance, connaître le bonheur d'écrire. Une grâce, estime-t-il encore, qu'il n'a pas eu la générosité d'accueillir bien longtemps. La source s'est tarie.

« J'ai soixante-quinze ans, rumine-t-il, une santé maintenant brinquebalante, pas de cancer ni d'urgences cardiaques à craindre dans un avenir proche, mais des ulcères à l'estomac, des douleurs lancinantes au dos, une mémoire défaillante, une surdité menaçante. J'ai atteint à la zone périlleuse de ma vie. Mon corps me fera défaut. Il n'attend que l'occasion. Il me donne sans cesse des avertissements. J'aurai donc été un enfant malheureux, un adolescent angoissé, je suis parvenu à l'âge d'homme en traînant derrière moi des tas de problèmes irrésolus. J'ai choisi de donner ma vision du monde dans des livres auxquels j'ai cru. On ne m'a pas toujours suivi. Que de pages écrites dans la ferveur, habité que j'étais par la sensation de créer un univers bien à moi, de proposer au lecteur une petite musique inédite. J'ai eu cette chance inouïe, le don de l'écriture, je ne l'ai plus. »

Louis s'éloigne de la fenêtre. Personne ne viendra sonner à sa porte avant midi. Il a choisi cette heure et ce jour pour donner rendez-vous à un jeune inconnu.

Parce qu'il s'ennuie la plupart du temps, il a décidé de faire paraître une petite annonce dans *La Presse*. Il veut se départir de la plupart de ses livres, inutiles rappels à ses yeux d'un parcours qui ne signifie plus rien. Encore là, il exagère. Il lui arrive souvent de jeter un coup d'œil à un livre qui a été important pour lui jadis. Mais enfin, trop d'ouvrages de sa bibliothèque ont vieilli. Elle est loin, l'époque où il se croyait tenu de prendre connaissance de tout ce qui se publiait. Confier sa bibliothèque à une institution ? Il aurait bien voulu. Mais laquelle ? On se montre bien plus intéressé par les nouvelles technologies. La littérature n'intéresse plus personne. Les classiques, il en conservera au moins une édition, même Pascal ou Montaigne qu'il n'a jamais lus que de façon superficielle. Mais de là à garder les romans sans nombre qu'on lui a dédicacés ou même dédiés, il y a une marge. Il aurait pu tout aussi bien les confier au recyclage ou les céder à un soldeur, mais il préfère les laisser partir un à un. Si un jeune visiteur parvient à l'émouvoir, il lui fait cadeau de dizaines de volumes.

 Il est à peine dix heures. C'est le moment où chaque matin il se prépare un potage en utilisant un des sachets de soupe Knorr que lui a recommandés Sylvie. Son aînée aura quarante-cinq ans le mois prochain. La plus présente de ses filles. Johanne n'est jamais bien loin non plus, mais elle n'est pas aussi disponible. Peut-être pour se rassurer, Louis estime que Sylvie est heureuse puisqu'elle est mariée depuis dix-huit ans, qu'elle est mère de deux enfants. Sylvie, c'est l'enthousiasme jamais démenti, la fougue, le sourire engageant. Tout le contraire de sa sœur qui accumule les désastres sentimentaux et dont la vie est une suite de déconvenues de tous ordres. Depuis quelques mois, un an peut-être, croit-il, elle partage la vie d'un pianiste de bar. Une relation houleuse. Est-elle seulement capable d'un attachement durable? Louis en doute de plus en plus.

Ses deux filles ont promis de passer le saluer. Sylvie a été précise : quinze heures. Johanne viendra dans la soirée. Dès qu'elle pourra se défaire d'un rendez-vous importun. Avec qui? Elle ne le dit pas. Elle aime les mystères. Sinon, elle téléphonera. Elle ne sort jamais sans son portable. À croire qu'elle est très occupée. Pourtant, elle réussit à peine à vivoter, allant de contrats mal rétribués à des piges aléatoires. Son métier? Vaguement recherchiste à la télévision ou rédactrice publicitaire pour des sociétés de bienfaisance. Elle a été très belle, l'est toujours, presque anorexique, fumant plus que de raison, nerveuse à l'excès. Elle a pris quelques kilos récemment, elle a été blonde, elle se teint maintenant les cheveux, obtenant ainsi un coloris châtain qui tire vers le gris.

Louis ne quitte plus pratiquement sa maison. Non qu'il y soit tellement attaché. Après tout, c'est sa femme qui l'a choisie. Elle aussi qui a versé le montant nécessaire à son acquisition. Combien d'années depuis la visite chez le notaire? Longtemps, trop longtemps. S'il n'était pas si négligent, il la mettrait en vente. Il arrive tout simplement que, depuis la mort de Marie-Ève, il ne sent plus le besoin de bouger. C'est elle qui l'a entraîné en vacances en France tous les ans, qui lui a fait découvrir Florence et les lacs italiens, elle qui a pris l'initiative des croisières en Méditerranée. Trois ans qu'elle est morte. Une leucémie foudroyante. Il ne s'en est jamais remis. Le choc aurait-il été plus grand si elle ne l'avait pas quitté quatre ans auparavant? Il ne le croit pas. Est-ce vivre que d'errer sans relâche dans les pièces d'une maison devenue trop grande? Dix pièces distribuées sur trois étages. L'étonnement des visiteurs français à l'époque. En pleine ville et à ce prix, tant d'espace! Mais oui, trop spacieuse maintenant, la maison. La maison où ils ont élevé leurs enfants. Si elle l'entendait, Marie-Ève dirait que c'est elle qui a tout pris en charge. Où était Louis pendant toutes ces années? Il écrivait des romans, dirigeait avec une expertise certaine une maison d'édition et s'apercevait à peine que la vie bourdonnait autour de lui. Les enfants avaient grandi, les avaient quittés un à un. Puis Marie-Ève avait suivi Gérard, un ami commun. Elle avait abandonné la maison à Louis. Le nouveau couple avait vécu en Estrie et donnait l'idée du bonheur.

Il ne se rend plus tellement dans la bibliothèque. Qu'y ferait-il? Écrire? Il n'en est plus question. D'une activité qui l'a passionné naguère, il ne garde que le souvenir. Sa vieille machine à écrire, une Remington même pas électrique, ne lui sert plus que pour la correspondance. De moins en moins au reste. On s'attend dorénavant à ce qu'on échange des courriels avec des inconnus. C'est dans l'air du temps. L'avenir même. Il n'en sera pas. Pénètre-t-il dans cette pièce à la recherche d'un document ou d'un bouquin, il a parfois l'impression d'être en visite chez un étranger. Les étagères de sa bibliothèque se dégarnissent peu à peu. Il y a d'abord eu les livres que Marie-Ève a emportés avec elle. Puis Sylvie, à qui il a offert de se servir à volonté, ne s'est pas fait prier. Louis a longtemps cru que les livres lui étaient un rempart contre les malheurs du monde. Il estime parfois qu'ils sont des leurres auxquels on ne doit pas trop s'attacher. Parmi eux, trop de faux amis, trop de liaisons occasionnelles. Pour Sylvie, une autre paire de manches. Tant mieux si elle a la foi.

Il aime se libérer de ces liens, ressentant alors un plaisir au moins aussi grand que celui qu'il a connu lors de l'acquisition des livres dont il se défait. Il n'empêche que certains soirs où il est à la recherche d'un roman qu'il a le goût de relire, il regrette de l'avoir largué. Si au moins, il était sûr que c'est Sylvie qui l'a pris, mais non, très souvent le livre a carrément disparu, probablement cédé à un quidam attiré par la petite annonce qui paraît chaque samedi dans *La Presse* depuis au moins deux mois. Il se dit quand même qu'il est normal que des pans de sa vie disparaissent peu à peu. Comme si sa mort était imminente. Il croit qu'il faut l'affronter nu.

Il en va tout autrement pour l'argent. Il n'a jamais su très bien se débrouiller de ce côté. S'il est devenu éditeur, c'est grâce à un héritage de Marie-Ève. Autrement, comment aurait-il pu trouver les fonds nécessaires à la mise sur pied de cette affaire? Pendant plus de trente ans, il a été à la tête d'une maison dont la pleine gestion financière lui échappait. Quand Marie-Ève a déserté la maison d'Outremont, il s'est trouvé dépourvu. L'argent lui a jadis filé entre les doigts, il est devenu très précautionneux. Généreux aux anniversaires de ses enfants et de ses petits-enfants, il est pour le reste nettement parcimonieux, surveille de près son compte en banque, passe de longues heures à évaluer son portefeuille d'actions.

« Comme tous les vieux, je deviens radin. Je suis craintif, le moindre changement dans mes habitudes me rend frileux. Si j'offrais à Johanne la possibilité de vivre avec moi, elle accepterait peut-être pour quelque temps. Mais il est clair que je ne saurais m'accommoder de sa présence bien longtemps. Une semaine ou deux. Pour la dépanner. Pas plus. Je me console à la pensée qu'elle ne supporterait pas longtemps de me voir glandouiller à longueur de journée. Je ne fais rien, mais je ne tiens pas en place. Cette maison, je l'arpente de long en large comme si elle pouvait contenir encore quelques secrets pour moi, j'ouvre des tiroirs, je pénètre dans des pièces depuis longtemps inhabitées, je suis insupportable. Johanne s'occuperait de moi, finirait par me le reprocher. Elle s'imaginerait peut-être que je l'exploite. Ou, pire encore, elle aurait l'impression d'être à ma charge. Je ne le tolérerais pas. Je préfère être seul. Les vieux, c'est bien connu, vivent dans leur cocon. Je m'en aperçois bien, je sens le rance, le renfermé, le déjà vécu, le périmé. Il m'arrive de revoir en pensée mon grand-père maternel que nous allions visiter dans une maison de retraite à Verdun. Il émanait de lui une constante odeur d'urine. Je n'en suis pas là. Je me douche tous les matins, je me vaporise à l'eau de Cologne, pas n'importe laquelle. La barbe, c'est selon. Trois jours que je ne l'ai pas faite. Je suis comme la plupart des livres de ma bibliothèque, écorné, défraîchi. Même mes belles éditions, celles dont je m'imaginais qu'elles seraient presque éternelles, de quoi ont-elles l'air maintenant? Le soleil, l'humidité, le temps. Mes œuvres complètes de Voltaire, fin XIXe siècle, que j'ai achetées à prix d'or à Lausanne, ont piètre allure, les premiers tomes surtout, les plats en sont racornis, le papier jauni. Aurais-je écrit avec tant d'ardeur si j'avais su que tout est éphémère, même cela? Bien sûr, j'aurais écrit, puisque je ne pouvais rien faire d'autre.»

Dix heures quinze. Louis ouvre la porte de l'armoire où il range ses sachets. Il hésite, opte enfin pour un potage de légumes. Quand il referme la boîte de fer-blanc dans laquelle Sylvie lui a conseillé de remiser ses enveloppes, les protégeant ainsi contre les fourmis dont il n'arrive pas à se débarrasser chaque printemps, il ressent une légère douleur au bas des côtes. Bénigne. C'est peut-être le signe précurseur d'un mal plus important. Un jour, son médecin, le docteur Poirier, prendra peut-être les précautions d'usage pour lui apprendre que les analyses — elles se trompent rarement — démontrent que... Souvent, la nuit, il se dit qu'il faudra bien qu'il y passe à son tour. Comme Marie-Ève, il mourra. Elle est morte loin de lui, mais il s'est fait raconter son agonie par Gérard. Il sera seul. Personne pour s'apercevoir qu'il s'en va. Bien fait pour lui, il est trop égoïste.

Il verse de l'eau dans une casserole. Pourquoi manger si tôt ? De toute manière, il n'a pas faim. Mais pour obéir à un rituel qu'il a lui-même institué. Il faut bien s'occuper. Cette nuit, comme à son habitude, il a mal dormi. D'avoir soixante-quinze ans ne fait rien à l'affaire. Il y a longtemps qu'il ne compte plus les anniversaires. Au moins a-t-il réussi à convaincre ses enfants de ne pas lui organiser une petite fête. Le bol de potage expédié, il prendra connaissance de la préface de Raymond Boujut. Il s'en passerait bien, mais Raymond a promis de se pointer dans le cours de l'après-midi. Impossible de l'éviter. Et s'il ne lisait pas ladite préface ? Quel changement dans sa vie ? Aucun. Mais il sait qu'il n'a pas le droit de mentir. Raymond n'est pas dingue, il s'en apercevrait à coup sûr. Un potage de légumes, pourquoi ? Il aurait préféré une crème de poireaux. « Je ne suis jamais content. Étais-je aussi capricieux à trente ans ? La pauvre Marie-Ève, ce qu'elle a dû supporter ! »

Il était bien trois heures et demie, la nuit dernière, lorsqu'un accident est survenu devant sa porte. Une rue si calme. Les temps changent. Des freins appliqués brusquement, un bruit de collision, des cris. Il n'a pas bougé de son lit. Des policiers sont venus, il a entendu des conversations, puis les pleurs d'une femme, des portières d'auto qui se refermaient avec fracas.

Trois heures et demie. Le moment précis où il s'est mis à pleurer.

Pourquoi il faut lire Louis Audry
par Raymond Boujut

Tellement de liens d'amitié m'unissent à Louis Audry. Il ne m'en voudra pas d'insister sur une complicité vieille de trente ans. Quand j'ai connu Louis, j'arrivais d'Angers. J'avais à peine dépassé la vingtaine, je ne connaissais du monde que ma ville natale. Paris, où j'avais habité à quelques reprises, me faisait peur. Montréal m'a tout de suite paru facile d'accès.

Un après-midi de novembre, alors qu'une neige fine s'abattait sur la ville, je suis allé frapper à la porte des Éditions du Peuplier. Pourquoi cette maison plutôt qu'une autre ? Je ne sais pas. J'ai toujours eu un faible pour les arbres. Il y avait un peuplier dans l'arrière-cour de ma grand-mère. J'avais le mal du pays. Et puis, j'aimais que la maison soit de dimensions modestes. Je m'y sentirais plus à l'aise. On demandait un manutentionnaire. Pendant quelques mois à Tours, j'avais vaguement tenu ce rôle dans une coopérative d'étudiants. Lors de l'entrevue, je n'ai pas manqué de faire mention de cette expérience, tout en taisant que j'avais été membre des Jeunesses communistes. Après tout, je ne savais pas quel genre d'homme était Louis Audry. Des amis m'avaient tout de même conseillé de le flatter un peu. L'homme, selon eux, était un tantinet vaniteux. Auteur de trois romans, il n'était pas peu fier de sa renommée. J'étais parvenu à dénicher son premier roman chez un soldeur. À vrai dire, Amours m'avait paru un pâle reflet de Vipère au poing d'Hervé Bazin. Qu'on me pardonne, j'ai toujours chéri mes parents et je me demandais pourquoi je les avais quittés pour une aventure qui s'annonçait périlleuse. Je lisais mal, je ne savais pas encore découvrir les chemins de la vraie prose, l'absence d'enflure, l'écriture juste et précise.

Jamais je n'oublierai ce premier rendez-vous. On m'avait parlé d'un homme rébarbatif, aussi sauvage qu'imbu de lui-même. Je me suis trouvé en présence d'un hôte souriant. Bien qu'il n'eût que quarante-cinq ans à l'époque, il était presque totalement chenu. Je m'attendais à un long interrogatoire, presque à des mises en demeure, il me posa des tas de questions sur les châteaux de la Loire, Chenonceau en particulier, sur le muscadet et le sancerre. J'ai répondu de mon mieux, j'avais été guide à Blois, je n'ai pas tardé à prendre de l'assurance. Pas trop. J'eus la présence d'esprit d'évoquer Amours, de lui dire mon respect des livres. Il ne tarda pas à m'avouer que le métier d'éditeur était le seul qui pouvait lui convenir. Il se mit à décrire la joie qu'il avait de découvrir un nouvel auteur, la crainte qui s'emparait de lui *devant un deuxième manuscrit qui s'avérait inférieur au premier. La fréquentation quotidienne des auteurs et des livres lui était un stimulant. Loin de nuire à son écriture, elle la soutenait. Dès ce moment, j'ai senti que mon interlocuteur deviendrait mon patron, que cet homme qui bafouillait devant moi était l'aîné que j'avais toujours recherché.*

On ne s'étonnera pas d'apprendre que l'amitié entre nous a mis un certain temps avant de naître. Louis Audry n'est pas d'un abord aisé. D'une pudeur presque exagérée, il cherche à dissimuler ses réactions.

Les Éditions du Peuplier, à cette époque, ne publiaient qu'une quinzaine d'ouvrages par année. À peine la moitié relevaient de la littérature. Pour le reste, des livres d'utilité pratique et surtout un guide du vin. Parce que j'étais français, Louis Audry s'est d'abord imaginé que j'étais versé en la matière. Or je ne buvais pas. Un verre de bière belge à l'occasion. C'était tout. Je me suis renseigné, j'ai potassé des livres spécialisés. Au bout de quelques mois, j'aurais pu devenir sommelier! La boîte comprenant peu d'employés, tous étaient mis à contribution. Louis s'attendait à ce que, tout manutentionnaire que j'étais, je puisse aider à la correction du fameux guide de l'amateur de vins, dont la parution annuelle assurait en quelque sorte la bonne marche des affaires de la maison. Les romans, c'était pour le plaisir. Si ceux de Louis Audry comptaient parmi les meilleures ventes du Québec, ceux que le Peuplier éditait ne dépassaient jamais les mille exemplaires.

Louis Audry me disait souvent qu'au jour fixé pour

le versement des redevances, il se sentait nettement malheureux d'envoyer à la plupart de ses auteurs des chèques de quelques dizaines de dollars. Parfois, en fin d'après-midi, il me faisait appeler par sa secrétaire. Sans raison apparente. Il ne voulait que parler. De tout et de rien. Est-ce que je m'acclimatais à Montréal ? Avais-je enfin trouvé un appartement convenable ? Est-ce que je songeais à rentrer en France éventuellement ? L'approche était si franche que je n'avais pas tardé à oublier que j'étais en présence d'un homme qui me dépassait par l'expérience et la réputation. Je ne cherchais pas à l'impressionner non plus, je répondais en toute naïveté. Un an après mon entrée aux Éditions du Peuplier, il me nommait directeur du comité de lecture.

Ainsi donc, on avait dit à Raymond que je ne détestais pas qu'on me passe de temps à autre un coup de brosse à reluire ! Qui donc l'avait mis au parfum ? Il faudra que je lui en parle. Cette idée de reprendre mes romans est une sottise. Personne ne s'intéresse plus à ce que j'ai écrit. À part quelques thésards. Parlons-en, de ceux-là, toujours à l'affût, paraissant tout à coup passionnés par ce que vous faites, mais au fond en quête d'éléments, n'importe lesquels, qui pourraient enrichir leur dossier académique. Le temps que j'ai perdu avec Louise Major, est-ce bien Major, son nom ? Elle ne jurait que par moi. À l'entendre, *Les Mauvaises Influences* constituait un sommet de la littérature contemporaine. Je ne sais même plus où elle en est. Quelle fumisterie ! Les œuvres de Louis Audry en un volume ! Pourquoi pas la Pléiade ? Papier bible, notes, introduction, tout le tralala. Le choix de Raymond Boujut n'est pas si mauvais à bien y penser. À partir du moment où on juge qu'il faut un texte liminaire, pourquoi pas Raymond ? Je n'ai plus que lui comme ami. Mais qui la lira, sa préface, qui me lira, moi ? J'ai eu de vrais lecteurs, ils m'ont comblé, ils ne se manifestent plus tellement. Pendant de longues périodes de mon existence, j'ai eu plaisir à aligner des mots, je ne renie rien, bien au contraire. Cette habitude m'a permis de passer plus aisément au travers de la vie, de surmonter des obstacles. Grâce à elle, je me suis évadé, grâce à elle je suis entré en moi-même plus qu'il n'était raisonnable. Mes plus grands moments de bonheur, c'est en partie à l'écriture que je les dois. Je savais bien au départ que mon cheminement serait tortueux, je n'ignorais pas que je n'atteindrais jamais les sommets que certains jours j'envisageais. Mais je rendais ma copie. Pendant quelques mois, rarement davantage, on paraissait s'en apercevoir, puis c'était l'oubli. De ce côté, j'aurai été comme la plupart des écrivains que j'ai connus. Une caste que j'ai côtoyée toute ma vie. Des angoissés souvent, des vaniteux parfois, des êtres touchants à l'occasion. Et toujours, chez eux, ce besoin d'être aimés. De tous ceux que j'ai reçus à mon bureau, aucun n'est devenu un ami. Ce n'est pas faute de l'avoir parfois désiré. Il y a souvent des moments où l'auteur qui vous fait face se montre à nu. Même quand il joue la comédie, il se dévoile. Mais je n'osais pas. Il me semblait que ceux d'entre eux que j'aurais souhaité fréquenter étaient trop semblables à moi. Que m'aurait donné de côtoyer des êtres plus ou moins pathologiques dans mon genre ? Se reconnaître dans autrui, y a-t-il pire horreur ? Il m'était parfois pénible d'être le père de trois enfants. J'avais beau les aimer à en perdre la tête, tout distrait que j'étais, mais comment me conduire équitablement auprès d'auteurs débutants ? Le scénario était à peu près toujours le même. Ils m'apportaient leur premier manuscrit en tremblant, puis finissaient par s'enhardir. Souvent dès le deuxième roman, je sentais monter en eux une autosatisfaction qui prêtait à sourire. Ils ne tardaient pas à estimer que la maison ne défendait pas très bien leurs intérêts. Ne pouvais-je pas mieux soigner ma publicité, confier à un distributeur plus efficace les romans qu'ils me soumettaient ? J'écoutais patiemment, je me défendais mollement. Il m'arrivait de me fâcher, vite exacerbé, persuadé trop rapidement que quoi que je fasse mon auteur passerait chez un concurrent. Quand la chose se produisait, j'étais détruit pour des semaines.

J'espère que Raymond parlera de la joie que j'ai eue à faire ce travail. Je l'ai aimé jusqu'à la fin. Tout dans ma tâche, ou à peu près, me plaisait. L'odeur d'un livre qui vient de paraître, les caisses qui sortent des entrepôts, tout cela me manque. Raymond le sait, lui qui m'a accompagné si longtemps.

Si mes livres, mes romans, ceux de mes œuvres dites complètes, m'avaient apporté le quart de la satisfaction que m'ont donnée les différentes étapes de la fabrication d'un seul bouquin, j'aurais été un auteur comblé. Chaque matin, je rentrais aux Éditions du Peuplier le cœur léger. Le premier café, les étagères remplies de manuscrits et d'épreuves, les classeurs dans lesquels Monique rangeait les notes de lecture, je n'ai rien oublié de tout cela.

Au début, nous n'étions que trois. Puis Raymond s'est joint à nous. Quand j'ai mis la clé dans la porte, il y a sept ans, c'est-à-dire quand je me suis laissé happer par une maison plus importante, nous étions quinze. Lorsque j'ai le cafard, ce qui m'arrive de plus en plus fréquemment, je tente de me consoler en pensant que tout, à cette époque, n'était pas rose. Je me revois à près de cinquante ans aux prises avec des problèmes aigus de liquidités. J'étais prêt à tout affronter, parfaitement capable de bravades, pratiquant l'esquive, ayant recours à toutes les rouries. Je voulais tellement que Marie-Ève ne perde pas confiance en moi. Après tout, c'était sur elle que reposaient les affaires de la maison. Vers 1976, en même temps que le Parti québécois accédait au pouvoir, Monique est entrée dans ma vie. Secrétaire efficace pour commencer, puis peu à peu ma confidente. Rarement femme m'a autant plu au premier abord. Je n'ai pas en tête quelque attrait purement sexuel. Elle était pourtant superbe, un corps à faire rêver, des yeux bleu ardoise, une intelligence d'une rare vivacité. Marie-Ève en avait rapidement pris ombrage, exigeant même que je m'en sépare. Je n'ai pas obtempéré. Monique était libre d'attaches au début, mais je ne m'accordais pas le droit de la troubler. Puisque je ne voulais d'aucune façon rompre avec Marie-Ève, que j'aimais assurément, je me suis contenté de la part de féminité que mon assistante apportait dans un univers qui sans elle aurait été celui d'un homme redevenant petit à petit le célibataire qu'il n'avait jamais cessé d'être. Il nous est bien arrivé d'aller au-delà de certaines limites. J'ai connu le corps de Monique. A-t-elle été aussi bouleversée que moi par certaines de nos rencontres? Je ne le saurai jamais. J'ai aimé cette femme tout en étant constamment habité par un sentiment de culpabilité. Marie-Ève s'est lassée de notre vie commune à un moment où Monique aimait ailleurs.

Pendant quelques années, Monique et moi nous sommes vus à intervalles réguliers même si elle avait quitté les Éditions du Peuplier pour un emploi plus rentable. Puis, elle a suivi son ami à Toulouse. Certains soirs, je me dis que je devrais chercher à renouer avec elle. Si je n'en fais rien, c'est que je crains qu'elle ne soit déçue par l'homme que je suis devenu. Je ne suis pas très beau à voir. Pourvu que Raymond ne lui donne pas trop de détails physiques me concernant. Avec lui, on ne sait jamais. Un brave cœur, pour ça oui, généreux, sensible, craignant de blesser. Trop délicat pour moi. Pourtant, il cherche toujours la vérité, volontiers insistant alors que moi, j'ai souvent préféré la dérobade. J'ai passé ma vie à raconter des histoires aux autres et à me conter des fariboles. Même en ce moment, j'essaie de minimiser l'importance qu'a eue Monique dans ma vie. Dès son entrée aux Éditions du Peuplier, j'ai cherché à lui plaire. Elle ne détestait pas non plus le flirt continuel auquel je me livrais. Nous ne sommes que rarement allés plus loin que l'échange de baisers prolongés, j'ai étreint son corps plusieurs fois, elle s'est souvent réfugiée dans mes bras. Nous savions que jamais nous vivrions ensemble. Un jour, je ne l'ai pas oublié, nous étions à la veille du congé de Pâques, elle m'a dit que j'étais l'homme de sa vie. Elle avait renversé par inadvertance un verre d'eau sur mon pantalon, j'ai dû le retirer. Ce que je devais avoir l'air gauche! Je rougissais à coup sûr. Elle s'est approchée, s'est agenouillée devant moi, a baissé mon slip. Je pense souvent au geste qu'elle a eu alors, à ses lèvres, à ses mains. Je n'ai pas fait l'amour depuis si longtemps, je n'éprouverai plus jamais à la même intensité le désir d'un corps, je ne suis plus qu'une ombre. Mais reste le souvenir de moments qui m'ont chaviré. Comment puis-je en vouloir à la vie qui m'a permis de connaître ces joies ?

Raymond est au courant de notre histoire. Il a rapidement tout deviné. J'ai été un amant torturé. J'aimais Marie-Ève, mais j'étais épris de Monique. C'était donc moi, cet homme déchiré ? Je n'arrive pas à le croire tant il me semble que je deviens insensible.

J'ai mal aux yeux. Encore heureux de ne pas avoir à chausser des lunettes à mon âge. Trois fois que je reporte ma visite chez l'oculiste. Encore une quinzaine de pages à lire. Qu'est-ce qu'il réussira à dire, l'ami Raymond ? Pour l'heure, ça peut aller. Qu'il aborde au plus tôt mes livres! Qu'il m'oublie! Il pourra écrire tout ce qu'il voudra. Ce n'est pas moi qui vais regimber. Je ne crois plus tellement aux commentaires, ni aux analyses littéraires, même si dans son cas ils sont inspirés par l'amitié. Pendant combien d'années encore pourrai-je observer le sort qu'on fait à mes livres ?

Je n'ai aucune rancœur, je ne sais surtout pas si je

méritais d'être mieux compris, encore moins si j'ai réussi à écrire autre chose que des balbutiements. Depuis longtemps, je ne cherche plus à convaincre qui que ce soit. J'ai écrit parce que je ne voyais aucune autre issue à ma vie, on a glosé tant et plus sur ma prose, je n'en ai rien retenu. Je ne vais tout de même pas me comporter comme le plus vaniteux de mes auteurs. Tiens, je dis encore « mes auteurs », c'est plus fort que moi. Pourtant, je pense rarement à eux. De trois ou quatre peut-être, j'ai parfois la nostalgie. Pas nécessairement les meilleurs. J'aimerais bien qu'on finisse par reconnaître la valeur de Milot, l'originalité de Vertens, la verve de Lartigues. Verrai-je la réparation de cette injustice à leur endroit ? Pas sûr.

J'ai été un mauvais homme d'affaires. Quand les Éditions du Peuplier sont passées aux mains d'un trust, j'étais à bout de souffle. Marie-Ève n'était plus là pour éponger mes dettes, les découverts devenaient trop fréquents. Sans son soutien, financier ou autre, je n'étais rien. J'ai vu alors défiler dans mon bureau des créanciers, imprimeurs, distributeurs, banquiers. Il a suffi qu'une chaîne de librairies dépose son bilan pour que je jette l'éponge.

Si je prenais un thé. J'ai encore un peu de temps. Mon étudiant viendra vers midi. Je vais tenter de l'orienter un peu. Montherlant, pourquoi pas ? Les jeunes ignorent tout de lui. Ils n'ont pas nécessairement tort. Je ne sais plus. Pourtant, ce que j'ai pu aimer *Les Célibataires* et les quatre romans des *Jeunes Filles* naguère ! J'avais même entrepris un roman presque misogyne à l'époque, moi l'amateur de femmes. À la trentième page, je me suis rendu compte que c'était plutôt les hommes qui m'horripilaient ou que je trouvais comiques. J'ai bien fait de m'abonner aux petites annonces. Ça m'amuse de voir défiler des jeunes gens. Pour la plupart, adorables. Ils n'ont rien lu, ils voudraient tout connaître, ils sont à l'âge où on s'imagine que l'avenir est illimité. Ceux qui aiment les livres, qui les aiment vraiment, je les envie à un point qu'ils ne sauraient imaginer. Ils ont la chance de découvrir un auteur, de frémir devant une page inédite. J'ai été comme eux. Jamais je n'oublierai les romans de Balzac que je dévorais vers ma seizième année. Dire que je ne parviens plus à supporter *La Comédie humaine*. Tout ce fatras, ces redondances, ce mauvais goût ! J'ai parfois les larmes aux yeux quand je me revois à l'âge de mes visiteurs, croyant alors que bien écrire c'est cultiver l'enflure, la boursouflure, la logorrhée. De mes trois enfants, seule Sylvie a mordu à la littérature. Elle a même déjà publié quelques poèmes dans des revues. Mauvais du reste. Évidemment, je ne lui en ai pas parlé.

J'aime les jeunes, leur maladresse, leur franchise. La plupart d'entre eux ne savent pas que j'ai écrit ni que j'ai été éditeur. Je ne fais rien pour les en informer. Ce serait grotesque. La plupart du temps, ils sont prêts à m'écouter.

Je crois que je me comporte avec eux de façon raisonnable. Si l'étudiant manifeste le moindre signe d'intérêt, je deviens même volubile. J'ai tellement parlé dans ma vie et je suis réduit au silence. Dans certains cas, je les garderais même à déjeuner. Je m'ennuie tellement. Quand aurai-je le temps de relire Montherlant? Ou Malraux, tout à côté? Pire encore, Malraux ne m'a jamais intéressé. Il écrit comme un pied, il est faux. Je me demande si j'aurais accepté le manuscrit des *Antimémoires*. De toute manière, ça ne veut rien dire. J'ai parfois manqué de flair. J'ai laissé passer au moins cinq affaires fumantes, le premier roman de Maniu par exemple. On rate tellement de choses au cours d'une vie. Mon mariage, je l'ai bien bousillé après tout. Un échec cuisant. De cela non plus, Raymond ne peut pas parler. Il y a des choses qui ne se disent pas.

Rien n'y fait, Louis Audry ne cesse pas de s'étonner de l'âge qu'il a. A-t-il vraiment cru, comme il l'a souvent affirmé, qu'on ne devient vieillard que si on y consent? Le monde des vieux, il l'a toujours refusé. Plusieurs pages d'*En attendant la mort* en témoignent. Son personnage principal, son porte-parole, garçon de restaurant qui ne se résigne pas à la retraite, trouve dans les occasions de travail une bouée de sauvetage. Souvent, en compagnie de Marie-Ève, il s'était demandé s'il lui survivrait. Ces conversations avaient été fréquentes dans les années qui avaient suivi le départ de Monique des Éditions du Peuplier. Louis était alors un meilleur compagnon, du moins le croyait-il, cherchant auprès de sa femme un réconfort qu'elle lui apportait parfois. Combien de tasses de café n'avaient-ils pas ingurgitées en évaluant le nombre d'années qui leur restaient à vivre? Selon toute vraisemblance, c'est lui qui partirait le premier. Trop d'alcool, trop de veilles, des recours constants à la cigarette, une anxiété rarement absente. Plus sage, Marie-Ève surveillait son alimentation, ne se permettait aucun excès. Et pourtant! C'est lui, l'abuseur, qui perdure. Mais dans quel état! Louis se met à rire. Bruyamment, comme si on pouvait l'entendre. Ça lui arrive de plus en plus souvent. Personne n'est pourtant à son écoute, pendant des jours entiers. Hier encore, il a passé une heure à répondre à un sondage téléphonique à seule fin de converser avec quelqu'un. Pourvu que son étudiant ne soit pas trop en retard. Après tout, il ne saurait oublier que certains lecteurs des petites annonces lui posent un lapin parfois. Sans s'excuser. C'est dans les usages du temps. Se disaient-ils, ces inconnus, que le vieux dont ils avaient entendu la voix au téléphone semblait un peu sénile? Mourir vers la soixantaine, voilà ce qui lui aurait convenu. Une mort soudaine. Dans la rue. Comme Jean Éthier-Blais dont il avait publié jadis un opuscule. De cela aussi, il a parlé avec Marie-Ève. Des conversations répétées, nettement itératives, mais dont il ne regrette rien. À bien y penser, elles lui ont apporté une douceur précieuse. Quand Marie-Ève a choisi de vivre ailleurs, il en a été démoli. Tout s'écroulait. Il a négligé son travail, les Éditions du Peuplier ont commencé à péricliter. Il s'était mis à la recherche de subventions, les avait obtenues. Pour publier quoi? Des ouvrages traduits dont la vente avait été catastrophique.

Certains soirs de désespoir, Louis en voulait à Marie-Ève de cette trahison. C'était après le deuxième cognac. De ses propres manquements, nombreux sûrement, il ne retenait rien. D'avoir été l'éternel distrait, l'abonné aux rêves, voilà qui ne pesait pas lourd pour lui. Il oubliait même qu'il avait été bien près d'entraîner Monique dans une histoire. Le reste, les quelques fredaines insignifiantes qu'il s'était permises et dont il ne se rappelait que des détails bénins, le prix d'une consommation, la couleur d'un rouge à lèvres, la petitesse d'un sein ou les pleurs de joie d'une inconnue après l'amour, le reste, non, il n'y songeait que très évasivement.

En ce jour de ses soixante-quinze ans, Louis Audry a peur. Cette crainte vient tout juste de l'assaillir. Il ne sait plus vraiment s'il est en mesure d'affronter le jeune homme qui viendra inspecter les rayons de sa bibliothèque. Un inconnu à peine sorti de l'adolescence qui lui rappellera que le temps fuit inexorablement. Il le visitera au fond comme on se rend à Pompéi ou à Carthage. Que pensera-t-il de ce vieil homme ? Estimera-t-il qu'il est en présence d'un survivant, cultivé assurément, curieux patriarche qui a cru ou croit encore à ces réminiscences du passé ? Peut-être se demandera-t-il comment on a pu avoir foi en ces balivernes, comment on a pu prendre au sérieux des auteurs dont les noms mêmes ne signifient plus rien. Pierre Loti, on comprendrait à moins, mais Koestler, Maugham, Moravia ? On croit réfléchir au temps qui passe, on pense pouvoir le retenir, on s'imagine que des maîtres à penser et à rêver nous indiqueront le chemin à suivre, et on s'aperçoit en bout de course que ce ne sont que des usurpateurs ou, au mieux, des êtres aussi faibles que nous l'avons été. Les livres, se demande en ce moment même Louis, sont-ils autre chose que des notes qu'auraient rédigées des solitaires lunatiques qui, croyant aller au-delà de la quotidienneté, se sont réfugiés dans des mondes imaginaires dont personne bientôt ne voudra? Louis ne lit plus de romans, il fait consommation de carnets, d'écrits en marge, de correspondances, de journaux intimes. Bien évidemment, croit-il, la littérature n'est au bout du compte qu'une douce illusion. Plus valable assurément pour lui que beaucoup d'autres, mais (il ne faut pas l'ignorer) un exercice aussi futile qu'indispensable à certains êtres. Sinon, se dit-il, on n'est qu'un vieil imbécile de soixante-quinze ans qui s'imagine que la parution de ses œuvres complètes constitue vraiment un accomplissement remarquable, ainsi que ne manquera pas de le proclamer la quatrième de couverture. Les écrivains ne sont supportables qu'à leurs débuts, croit Louis Audry. Il n'en va pas de même pour leurs livres. Il n'arrive plus à lire les premiers romans qu'on porte, de moins en moins au reste, à son attention. Ils lui parlent d'un monde qu'il ne connaît pas, qu'il ne souhaite pas connaître, ils évoquent des passions qu'il ne ressent plus, se complaisent souvent dans un cynisme qu'il n'a jamais pratiqué. Pour Louis, une femme n'a jamais été une partenaire dont on se défait à la moindre contrariété. Dès son adolescence, il a cru aux attachements durables. Marie-Ève a été la passion de sa vie. Il a connu avec elle toutes les étapes de l'amour. L'irremplaçable aveuglement, la perte de la volonté de liberté, le doux esclavage, l'apaisement d'une vie à deux visitée par la routine, puis les échanges hargneux. À certains moments, il a souhaité quitter une femme devenue difficile, à d'autres il s'est laissé bercer par une douceur après tout lénifiante.

Louis n'a jamais envisagé qu'il s'ennuierait un jour. Toute sa vie, il s'est tenu occupé. Au bureau, le travail était parfois pressant, il savait l'organiser. Sauf en des périodes déterminées, la rentrée d'automne ou la préparation des droits d'auteur fin avril, il a toujours su se réserver, à l'époque où l'écriture l'intéressait encore, des moments de répit. Tous les matins, de huit à dix heures, il écrivait. Ses romans avaient pris forme entre les quatre murs décrépits du local qui lui servait de bureau. À dix heures sonnantes, il en ouvrait la porte, saluait Raymond, échangeait quelques mots avec Monique puis recevait un visiteur. La consigne était ferme, on ne dérangeait pas Louis avant dix heures. Par la suite, on pouvait entrer dans son repaire comme dans un moulin.

À partir du départ de Marie-Ève, sept ans déjà, les journées lui ont paru interminables. La retraite n'a rien arrangé. Il n'est pas un être de loisir. La campagne l'ennuie. Le golf? Un divertissement pour des zigues du genre de son gendre. Songer au passé? Il ne fait que cela, pas toujours à regret du reste. Le présent? Il est si gris qu'il n'est d'aucun intérêt. L'avenir? Louis se dit qu'il sera toujours temps d'affronter la déchéance qui viendra. Comment se préparer à un désastre de cet ordre? L'humiliation, l'anéantissement progressif, il n'y échappera pas quoi qu'il fasse. Il suffirait de prendre une dose un peu forte de somnifères, il en possède de très puissants, grâce à Sylvie, mais il sait très bien qu'il ne se résignera jamais à adopter cette solution. Tout aurait été tellement plus simple si le sort avait voulu qu'il disparaisse avant Marie-Ève. Tant qu'elle a vécu, et même s'il la voyait heureuse avec quelqu'un d'autre, enfin détendue, il a espéré qu'elle lui reviendrait. À l'annonce de sa mort, ses enfants ont tenté de le consoler. Sylvie surtout, elle qui ne s'était jamais tellement bien entendue avec sa mère. À aucun moment il n'a souhaité que Marie-Ève éprouve une détresse semblable à celle qu'il avait connue. Elle avait suffisamment souffert, parfois à cause de lui, il n'aurait pas été convenable qu'elle souffre davantage.

 Le téléphone se met à sonner. Louis sursaute. Sortant de sa torpeur, il se lève avec difficulté. Le divan sur lequel il s'est assoupi est trop bas. Deuxième coup de sonnerie. Sylvie voudrait qu'il se munisse d'un portable. Jamais il n'y consentira. Un appareil sans fil, pas davantage. Il ne voit pas l'utilité de ces gadgets. Parfois, il ne répond qu'après la huitième sonnerie. La plupart du temps, on a déjà raccroché. Tant pis. Si c'était important, on aurait attendu. Installer d'autres prises ? Il y a bien songé, mais il supporte mal la présence d'ouvriers dans sa maison. Il faut leur parler, satisfaire leurs moindres besoins. C'est pour cette raison qu'elle prend petit à petit l'apparence d'un taudis. Un taudis qui a son prix. Outremont, quand même, se dit-il, c'est un secteur recherché. Troisième sonnerie. Ses pantoufles sont usées, percées au talon et près du gros orteil. Il tient aux charentaises qu'il chausse, les mêmes depuis des années. Le commis lui a dit la dernière fois qu'on a modifié quelque peu la forme du modèle qu'il a adopté vers 1980. Ne pouvait-on pas en commander directement de l'importateur ? Qu'importe le prix. Pas trop cher quand même, Louis est parfois radin. Le commis l'a regardé, un sourire condescendant aux lèvres. Il pensait sûrement qu'il était en présence d'un vieux toqué. Il a tout de même ajouté que le fabricant venait de déposer son bilan. Tant pis, il usera ses pantoufles jusqu'à la corde.

— Non, mais tu en a mis du temps !

Louis reconnaît tout de suite la voix de Raymond Boujut.

— Pour la rapidité, mon cher, ce n'est pas chez moi qu'il faut s'adresser.

— Bien voilà, je voulais être le premier à te souhaiter bon anniversaire.

— Voilà qui est fait. Tu veux sûrement savoir comment je me porte avec mes trois quarts de siècle. Sache-le, je me sens mieux que jamais. En bonne santé même si cette bonne santé ne me sert à rien. Toi ?

Il raconte que sa compagne s'est mise au tai-chi. Pourquoi pas au ski nautique ? Louis se retient de dire qu'il trouve cette idée ridicule. Il n'a jamais blairé cette écervelée d'Élyane qui a bousculé la vie de Raymond. Il préférait de loin José, une petite Niçoise que Raymond a épousée deux ans après son arrivée à Montréal et qu'il a quittée pour cette intrigante. Selon Louis, elle n'est ni brillante ni très jolie. Sa voix doucereuse, sa façon de rouler les « r », tout l'énerve chez elle. Quand il s'informe de José, Raymond feint de ne pas entendre ou s'en sort avec une entourloupe. De toute évidence, il se sent encore coupable après sept ans. Tant pis pour lui.

— Mon introduction, tu l'as lue?

— Le début, Raymond, le début. C'est bien, c'est très bien.

— Je dois remettre le tout demain, tu ne l'as pas oublié, au moins?

— Mais non.

— Qu'est-ce que tu en penses?

— Ce que je pense de quoi?

— Mais de mon texte, pardi!

— Ça peut aller.

— Pas d'autres commentaires?

— Je te dis, j'ai à peine commencé de la lire, ton introduction. Mais t'inquiète pas. Je vais m'y mettre tout à l'heure. Tu le sais bien, je n'ai jamais été capable d'entendre parler de mes livres ni de lire au complet les comptes rendus qu'on en a faits. Il y a des exceptions, bien sûr. Miron, tiens, j'ai toujours été curieux de ce qu'il pensait de mes romans. Jean Hamelin, quelques autres. Après tout, personne n'est obligé de nous consacrer tant de temps. Mais dis-moi, c'est bien vrai, on t'avait prévenu la première fois qu'on s'est vus, on t'a dit que j'étais plutôt vaniteux? Qui t'a dit ça?

— Je ne sais plus très bien. Tu sais, j'avais fait le tour de quelques éditeurs avant de te rencontrer. Peut-être était-ce Tisseyre ou Hurtubise. Quelle importance puisque c'est faux. Je l'ai vite découvert du reste. Tu ne m'en veux pas?

— Penses-tu!

Louis se met à se demander s'il n'a pas été un peu brusque avec Raymond. Son seul ami, après tout. Les autres, il les a perdus de vue. L'amitié, il ne sait plus ce que c'est au fond. Des brouilles, il y en a bien eu jadis, mais c'est surtout sa négligence qui est en cause. Depuis longtemps, il ne rappelle plus, ne répond plus aux lettres. Et les morts, donc! Que de disparus, une véritable hécatombe. Parfois, il se dit qu'il donnera signe de vie à un confrère éditeur ou à un écrivain qu'il a naguère fréquenté. Très rapidement, il arrive à la conclusion qu'il n'en a pas le goût. Qu'aurait-il à dire à ces relations d'autrefois? S'il s'en veut de son mutisme, c'est au sujet de Monique. Pourquoi a-t-il laissé tomber leurs rendez-vous occasionnels?

— Des nouvelles de Monique? demande-t-il à brûle-pourpoint.

Raymond a une hésitation, puis dit:

— Je ne serais pas surpris qu'elle t'appelle aujourd'hui.

— Pourquoi?

— Une intuition, comme ça.

— Tu l'as vue récemment?

— La semaine dernière.

— Elle t'a dit qu'elle m'appellerait?

— Je n'ai pas dit ça. Elle n'a jamais oublié les anniversaires.

— J'aimerais bien qu'elle me téléphone. Je pense à elle souvent.

— Pour ce qui est du texte, je te rappelle que je suis prêt à le modifier.

— Non, mais ce que tu peux être collant ! Si tu ne me fiches pas la paix, ton texte, je ne le lirai pas. Publie-le donc tel quel. Toute cette affaire m'embête. À commencer par la publication. Je ne demandais rien. C'est du fini, tout ça, du passé. Qu'est-ce qui leur a pris ? Des remords tout à coup ? Est-ce parce qu'ils m'ont montré la porte en même temps qu'ils s'emparaient de ma maison d'édition ? Tout cela est tellement loin de moi. J'ai été un écrivain, j'ai aimé en être un la plupart du temps, mais c'est terminé. À quelle heure passeras-tu ?

Raymond se croit obligé de protester. Pour lui, Louis est toujours un écrivain. Il est tout simplement en attente.

— Toute une attente, vingt ans ! Tu veux rire ! Réponds-moi, à quelle heure tu viens ?

— Tu sais la nouvelle ?

— Tu me la diras tout à l'heure.

Louis constate qu'il est au téléphone depuis au moins quinze minutes. Brusquement, il coupe court à la conversation, prétextant un mal de jambes qu'il ne ressent même pas. Raymond a tout juste le temps d'ajouter qu'il viendra prendre son texte avant six heures. Élyane a son cours de tai-chi et elle… Louis a déjà raccroché.

Si j'en juge par les visiteurs qui sont venus sonner à ma porte depuis deux mois, les amateurs de livres sont des timides, voire des timorés. Des garçons pour la plupart. Ils auraient pour caractéristiques de parler bas, de bafouiller. À se demander s'ils ne chercheraient pas à camoufler quelque désir de vilenie derrière une retenue de façade. Ils seraient de ceux qui ne fréquentent pas d'habitude les lieux où l'on danse. La bagatelle ne serait pas leur fort non plus. Je ne leur en veux surtout pas. J'ai été comme eux. Ce n'est pas uniquement pour cette raison que j'aime leur parler. Devant eux, je me sens investi d'une responsabilité. Rien de moins. Laquelle ? Je ne sais pas au juste. Posons que je souhaiterais vaguement les aider, voire les guider. Surtout ceux qui semblent savoir que j'ai écrit quelques livres. Voilà ce qui me reste de ma vanité d'écrivain.

J'attendais un garçon. Au téléphone, une voix si peu affirmée que je me suis efforcé de deviner son physique. Il aurait vingt ans à peine, trop grand, maladroit, ne sachant que faire de son corps. Un peu à l'image de l'étudiant en physique à qui j'ai refilé le mois dernier tous mes Graham Greene.

J'ai pourtant devant moi une petite noiraude, cheveux bouclés, légèrement prognathe, assurément myope. Elle ressemble à la première petite amie d'Alain. Est-ce bien sûr ? Il y a si longtemps de cela.

— Mon frère a la grippe. J'ai pensé que je pouvais venir à sa place.

Je m'efface pour la laisser passer. Elle enlève ses bottillons. Je remarque qu'une de ses chaussettes est trouée. Comme bon nombre des miennes. Elle trottine dans le corridor. J'aurais peine à la suivre. Je prends mon temps. Le privilège des vieux. J'aurais dû la précéder. Mais comme la bibliothèque est tout près de l'entrée, je lui ai plutôt indiqué le chemin.

— Mais, c'est magnifique ! s'exclame la petite.

Son visage est tout illuminé. Mes visiteurs précédents étaient moins enthousiastes.

— Qu'est-ce qui est si magnifique ?

J'aurais pu me taire, mais je n'ai pu résister à la tentation de provoquer cette jeune femme. C'était naguère ma façon de me rendre intéressant auprès des inconnues. J'avais parfois du succès.

— Mais tout ! Vos étagères en bois verni, ces livres en si grand nombre, ces reliures, vos statuettes.

— Des babioles, elles n'ont aucune valeur. Les livres, c'est selon. Il y en a là-dedans qui ne sont pas mal. Mais, je vous l'accorde, j'aime bien cette pièce. Ce Toupin en face de vous, c'est un ami qui me l'a offert. Combien de fois ne l'ai-je pas contemplé. Il est mort, celui-là aussi. Je parle de mon ami, bien sûr, Toupin je ne sais pas. Excusez-moi, je vous ennuie peut-être. Vous aimez les livres ? Suis-je bête, évidemment vous les aimez puisque vous êtes ici.

— Je les dévore. Je passe mes journées à lire. Parfois même aux dépens de mes études.

— Vous étudiez quoi ?

— La biologie.

— Connais pas. Mais entrez, voyons. Ne soyez pas timide. Je vous offre quelque chose ? Un thé, un café, un jus ?

— Non, merci, ça ira.

Elle s'assied dans le fauteuil que Marie-Ève préférait. C'est là qu'elle me rejoignait parfois. La petite n'a pas attendu que je l'y invite. Elle croise les jambes. Elle est plus jolie que je le croyais. J'avais le coup d'œil, elle est le sosie de cette fille qu'Alain nous avait présentée un Noël.

— Et puis au fond, je prendrais bien un verre d'eau.

— C'est un peu sec ici, je le sais. Humide en été, sec l'hiver. Les vieux ont toujours un peu froid, vous savez.

Lorsque je reviens un verre d'eau à la main, je trouve mon inconnue en contemplation devant mes classiques latins. Au sortir de l'université, je m'étais imaginé que je pouvais acquérir une culture de rêve, je lirais une bonne partie des auteurs latins dans le texte. Ça vaudrait mieux que les cours de droit que j'avais suivis distraitement. Après quelques tentatives, je m'étais découragé, Tacite venant à bout de ma conviction. De telle sorte que mes classiques Budé, dont les pages souvent ne sont même pas coupées, occupent toujours un coin de ma bibliothèque. Je ne les ai pas rouverts depuis cinquante ans au moins. Sait-elle seulement, cette jeune femme, qu'en mon temps on se servait d'un coupe-papier dès qu'on rentrait d'une visite en librairie ? Probablement pas. Elle ne comprendrait pas non plus que je ne me serve pas d'un ordinateur. Elle aime lire, c'est ce qui compte. Où serais-je sans les livres ? J'ai beau me contenter de relire depuis quelques années des bouquins que je connais par cœur, j'ai beau me refuser à quelque effort intellectuel exigeant, il n'empêche que c'est à ces moments, et à ces moments seulement, que je sens un certain répit. Pour le reste, je suis bon à jeter aux pourceaux.

— Vous devez être très cultivé !

— Vous pensez ? Ne vous laissez pas impressionner par ces noms. Les Anciens, tenez, là devant vous, voilà qui constitue un de mes échecs. À part Sénèque et Marc-Aurèle, je ne les connais pas. Pourtant, je serais incapable de me débarrasser de ces livres. Pour d'autres, ça vient tout seul, je m'en défais avec joie. Ceux-là, ce n'est pas pareil. J'aurais l'impression en les bazardant de trahir l'homme que j'ai été. C'est bête, mais c'est ainsi. Je vous ennuie avec mes ragots. Je ne vous ai même pas demandé votre nom.

— Moi, c'est Pascale. Pascale Morand.

— Morand, comme Paul Morand.

Elle ne saisit pas. Normal. On ne lit plus ce vieux

bourgeois. Du moins chez les jeunes. Mais est-ce que je lisais Barrès ou René Bazin à son âge ?
— Là-bas, regardez.
Son *Journal inutile*, ses nouvelles dans la Pléiade, à peu près les seuls livres que j'aie achetés ces dernières années. Morand, je l'ai beaucoup lu, sans vraiment l'aimer, mais son style économe, ses traits incisifs me séduisaient. Je le relis régulièrement alors que tant de livres me tombent des mains. Je pense à gauche, je lis à droite. Voilà un détail que Raymond pourrait dévoiler plutôt que d'insister sur ma vanité d'éditeur. Mais pourquoi a-t-il accepté de rédiger cette préface ? Il n'était pas obligé, c'est un travail de subalterne, on l'aurait confié à un professeur de lettres ou à un critique. N'importe lequel. Mais qu'est-ce qui m'a pris ? Moi, penser à gauche ? La belle affaire, je suis un petit-bourgeois.

— Vous allez me trouver insignifiante, je ne connais même pas ce nom-là.

— Essayez celui-ci, je vous l'offre.

Elle ouvre *Venises*, en feuillette les premières pages, remarque qu'elles sont un peu jaunies. Que dirait-elle si je lui présentais *Ouvert la nuit* ? Pour moi, *Venises*, c'est presque une nouveauté. Tout est jauni ici, voilà ce que je lui dis. Elle proteste pour la forme, mais elle voit bien que je ne mens pas. De toute évidence, elle est essentiellement gentille. Peut-être aime-t-elle parler aux vieillards. C'est possible.

— Je ne voudrais pas exagérer, je suis venue acheter des livres. J'en ai les moyens, vous savez, je travaille

le week-end. Dans un Provigo. C'est plutôt chiant. Excusez-moi. J'ai lu deux de vos romans, je les ai aimés. Je suis surprise. On me lirait donc encore chez les jeunes ! Presque aussitôt, je me méfie. Pas de Pascale, mais de moi. Il ne faut tout de même pas que je bombe le torse. C'est plus fort que moi, je demande :
— Lesquels ?
— Attendez un peu, *Étranges Visiteurs* et un autre, il y a le mot « mort » dans le titre.
— *En attendant la mort*. Et puis ?
— J'ai bien aimé le premier. *Étranges Visiteurs*, je l'ai lu en une soirée. Votre personnage principal, le coureur de fond, m'a fascinée. Je vais le relire. Ce n'est pas qu'*En attendant la mort* m'ait déplu, mais il m'a paru tellement triste. J'aime trop Kerouac pour ne pas être dérangée par le portrait que vous en faites. Je ne devrais peut-être pas être si directe avec vous, moi qui n'ai rien écrit et qui n'écrirai jamais, toutefois que voulez-vous, je suis une fille plutôt rigolote, je ne supporte pas qu'on me parle de la mort trop longtemps. Mais votre livre est très beau, les pages que vous consacrez à la mère de Kerouac m'ont fait pleurer, surtout lorsque vous écrivez qu'elle n'a connu de la vie que les mauvais côtés. Dans une nouvelle qu'on nous a fait lire au cégep, vous avez évoqué la vôtre, son travail en usine, son mariage forcé. Ça m'a émue. Il me semble qu'il y a longtemps que vous n'avez rien publié.
— Vous avez raison.
— Vous n'écrivez plus ?
— Si l'on veut. J'ai bien gribouillé un peu. Des

insignifiances. J'ai tout détruit. Mais parlons d'autre chose. Qu'est-ce que vous lisez actuellement?

— Houellebecq, Modiano. Elle ajoute qu'elle lit surtout des romans. Jamais des romans historiques ou des sagas. Gabrielle Roy, elle aime modérément. Ferron, oui. Aquin, pas du tout. Je ne dis rien. Elle dit quelques mots à propos des traductions françaises de romans américains. Je n'écoute plus.

— S'il y a des livres qui vous intéressent, ne vous gênez pas. Je vous laisse regarder. Surtout ne pensez pas à ce qu'ils peuvent coûter. Je suis un vieux monsieur qui cherche à se défaire de liens, alors ce n'est pas l'argent que je peux retirer de l'opération qui m'intéresse. Je serai dans la pièce à côté, le petit boudoir. J'ai un texte à lire. Vous avez tout votre temps.

Je suis de plus en plus bavard. L'habitude d'être seul. Dès que je tombe sur une victime, je l'abreuve de confidences. Cette jeune femme ne semble pas en souffrir. Elle n'a donc pas aimé mon dernier roman. Trop sombre pour elle. Elle est si jeune, elle a bien le temps de voir venir la mort, elle a sa vie à vivre. J'ai eu moins de tolérance pour ceux qui l'ont mal reçu à l'époque. Ils me reprochaient mon cynisme. Qu'une jeune femme dans la vingtaine pense en priorité à la vie et à ce qu'elle lui réserve, je comprends tout à fait, mais que des universitaires dans la cinquantaine ne voient pas que la mort les ronge déjà, voilà qui m'a toujours dépassé. Le nombre de sottises qu'ils ont écrites sur mon roman. Ils me trouvaient pessimiste, la belle affaire ! Comme si les écrivains avaient pour mission de raconter des balivernes apaisantes. J'avais cinquante-trois ans quand j'ai écrit *En attendant la mort*, j'ai inventé un personnage qui a l'âge que j'ai actuellement. Les tics que je lui attribuais, la vie qu'il menait, son état de dénuement, son monde décrépit, je l'expérimente maintenant. J'ai décrit à l'avance la lente agonie qui est la mienne. Je savais que l'avenir me réservait ce sort. Mes critiques le savaient aussi, mais ils ne voulaient pas l'admettre. Est-ce parce que j'avais la certitude d'être incompris que j'ai cessé d'écrire ? Peut-être. Il y a aussi que je suis paresseux, que je n'ai plus le désir. Écrire pour quoi et pour qui ? Marie-Ève, à partir d'un certain moment, ne s'est plus intéressée à ce que j'écrivais, mais elle était là. Sa mort a tout changé. J'ai bien essayé de tenir un journal, des pages que je ne montrerais à personne. J'ai arrêté au bout d'un mois. Exercice inutile. *Inutile*, tiens, c'est le titre que Morand a donné à son journal. La petite aimera-t-elle *Venises* ? Probablement pas. Ce n'est pas de son âge, c'est un livre du crépuscule. Elle s'en débarrassera à sa guise.

 Pascale se promène dans la bibliothèque, prend un livre, le remet à sa place, traîne le petit escabeau sur le plancher de chêne, Marie-Ève n'aurait pas aimé, elle insistait tant pour que je le soulève à cause des éraflures. Pascale tousse. Trop de poussière. Madame Lussier est âgée, elle ne suffit plus à la tâche. Je ne peux tout de même pas lui demander d'épousseter les livres un à un. J'ai eu beau me défaire de bon nombre d'entre eux, il en reste beaucoup. L'*Encyclopedia Britannica*, par exemple, je ne la consulte jamais. La petite pourrait en avoir l'usage. À son âge, on veut tout savoir. Cette curiosité, je ne l'ai pas tellement eue. Combien de fois ai-je ouvert cet ouvrage depuis les quarante ans que je le possède ? Quinze fois, vingt fois, pas plus. C'est comme le reste. On s'imagine qu'on va tout lire, qu'on va tout retenir, on emmagasine des tas de livres, de revues, on croit qu'on aura le temps un jour de les assimiler en profondeur. À peine quelques années après, ils ne nous intéressent même plus. Les choses qu'on remet au lendemain, que l'on repousse jusqu'au moment où elles ne signifient plus rien pour nous. Je pourrais consacrer des journées entières à la lecture, ce n'est surtout pas le loisir qui me manque, je me contente la plupart du temps d'une demi-heure par-ci par-là. Souvent après une collation. Une collation ! Je parle comme les enfants de Sylvie. Plus d'un an que je glande sur le *Journal* de Léautaud. Je prends tout mon temps comme si je devais vivre deux cents ans. Léautaud, du bonbon pour moi. Sauf lorsqu'il parle des bêtes. J'aimerais bien avoir un chat, mais de là à vivre avec cette ménagerie ! Léautaud, l'écrivain juste. Il faudrait que j'en parle à Pascale. Elle ne l'a certainement pas lu. Ce n'est pas au collège qu'on lui en a parlé. Non, mais qu'est-ce qu'elle fait ? Elle a sûrement brisé une potiche. Le bruit que j'ai entendu ne trompe pas. Pourvu que ce ne soit pas la petite urne que Monique m'a offerte. Elle l'avait achetée à Nice vers 1972. Nous nous étions rendus à la Foire du livre en compagnie de

Raymond. Je me souviens d'une petite boutique pas très loin du marché aux fleurs. Pascale apparaît dans l'embrasure, affolée.

— Excusez-moi, je suis si maladroite. Pourtant, je n'y ai même pas touché, à votre statuette. Un livre en mauvais équilibre, je n'ai pas su le saisir au vol.

— Ne vous en faites pas. S'il fallait que je m'occupe de tout ce qui est déglingué dans cette maison, je serais bien malheureux.

Il faut tout de même que je constate l'étendue des dégâts. Ce n'est pas l'urne de Monique qui a éclaté en miettes, mais une figurine sans valeur.

— Pascale, c'est moins que rien.

J'ai utilisé son prénom. Elle vient bien près de pleurer. Je la trouve vraiment mignonne. Mon jugement en la matière ne vaut plus grand-chose. Qui suis-je sinon ce qui subsiste d'un homme qui jadis aima les femmes ? C'est vrai, j'ai été ce fou que le moindre jupon allumait. Une preuve indéniable que je suis vieux, on n'emploie plus guère ce terme de « jupon ».

— Je suis prête à payer pour ma sottise. Dites-moi combien. Évidemment, il y a aussi le prix du souvenir. Cette statuette signifiait peut-être quelque chose pour vous, mais pour ça je ne peux rien. Qu'est-ce que je suis gourde !

Elle pleure franchement. Je m'approche, je mets la main sur son épaule. Je la retire aussitôt. Il ne faut pas qu'elle se méprenne.

— On n'en parle plus, ça n'a aucune importance. Vous m'avez rendu service. Je l'ai toujours détestée, cette danseuse hindoue au regard mauvais. Du toc, de toute manière, de la porcelaine de piètre qualité. Mais dites-moi, vous avez trouvé quelque chose ?

— C'est surtout que je ne sais pas au juste de quels livres vous voulez vous défaire.

— Dites toujours, on verra. Tout ce pan, par exemple, ce sont des romans que je ne relirai plus. Oui, là, Maupassant, Zola, Dostoïevski, Gogol, même Tolstoï. Pour moi, il est trop tard. Tenez, je vous en offre vingt, n'importe lesquels. Rien à débourser.

— Mais pourquoi ? Je vous l'ai dit, j'ai des sous.

— Pas question. Je me sens généreux aujourd'hui. Je ne dis pas que je n'ai rien accepté de la part des visiteurs attirés par les petites annonces. Tout juste ai-je été plus parcimonieux quand je me trouvais en présence d'un insignifiant. Ça m'est arrivé deux fois. Un étudiant en lettres et un journaliste.

— Et puis, je vous aime bien. Je suis même très heureux de vous voir. Ça me change un peu. Quand on prend de l'âge, vous savez, tout le monde a tendance à vous fuir. Il y a longtemps que je n'ai pas rencontré quelqu'un qui aime vraiment les livres. Il n'y a qu'à vous observer pour savoir qu'ils signifient beaucoup pour vous. J'ai été comme ça, il y a très, très longtemps.

— Je passe mon temps à lire. Pas autant qu'Yvan. Il veut écrire. Yvan, c'est mon ami. On est ensemble depuis un an.

— Vous l'aimez ?

— Bien sûr.

La réponse est spontanée. J'aime qu'il en soit ainsi. Moi aussi, j'ai eu des réactions de ce type. J'ai été amoureux, j'ai perdu la tête. Pascale perd-elle aussi la tête ? Elle ajoute que son Yvan est aussi un passionné de musique.

— Le rock ?

Je m'imagine toujours que les jeunes ne s'enflamment que pour cette quincaillerie. Cette fois, j'ai tort. Yvan aime le baroque.

— Il joue de la viole de gambe.

Que lit-il ? Des romans policiers surtout. Pascale énumère des noms d'auteurs, des titres qui me sont inconnus. Dans le domaine, je me suis arrêté à Maurice Leblanc, à Gaston Leroux et aux grands Américains d'avant-guerre.

— Je vois que vous ne vous décidez pas. Si je vous donnais ces trois ou quatre recueils de nouvelles de Tchekhov, qu'est-ce que vous en dites ? Je l'ai beaucoup lu, Tchekhov, mais je n'y retournerai pas. Par respect. Ça vous étonne ? Il me semble que les grands auteurs méritent au moins de bons lecteurs. Or, dans le domaine, je suis maintenant au-dessous de tout. Je ne comprends plus tout à fait ce que je lis. Vialatte, vous connaissez ? Il faut le lire. À petites doses. C'est un magicien. José Cabanis ? Non, probablement. Il faut le connaître. Arland ? Il peut être casse-pieds, mais quel frémissement dans l'écriture ! Essayez celui-ci, *Je vous écris aujourd'hui*, c'est magnifique. Il y a aussi Jaccottet, Buzzati. Mais qu'est-ce qui me prend ? Je n'ai pas à vous dicter mes préférences. C'est vous qui choisissez. Allez, encore dix titres. Ou quinze. Vous pouvez même choisir ailleurs que dans cette section. Prenez ce que vous voulez. Je vous paye le taxi. Après tout, ce n'est pas tous les jours qu'on a soixante-quinze ans. Pourtant quand Pascale met la main sur les *Papiers collés* de Perros, je lui dis que je regrette, mais que... Belle leçon de détachement ! Je ne serais donc pas prêt à renoncer à tout.

— Excusez-moi, dit-elle. Je ne veux surtout pas exagérer, vous êtes si gentil.

— Pas toujours. Parlez-en à mes enfants.

— Je vais vous laisser mon numéro de téléphone. Si vous souhaitez ravoir quelques-uns de vos livres, n'hésitez pas.

— Ce qui est donné est donné.

J'ajoute qu'il n'est pas impossible que j'emménage un jour dans un appartement qui ne pourra jamais contenir tous ces volumes. Je me crois intéressant, je rappelle que lors du dépôt de bilan des Éditions du Peuplier, il a fallu livrer au pilon cent mille exemplaires d'ouvrages divers. Depuis ce temps, je n'ai plus tout à fait le même rapport aux livres.

— Cent mille exemplaires ! Comment avez-vous pu supporter ?

— Je me suis fait une raison. C'était pour moi, vous savez, une image de la vie. On a des espoirs, on finit par se rendre compte un jour ou l'autre qu'ils se sont évanouis. Pour ce qui est des Perros, vous pouvez les prendre aussi.

Quand je suis arrivé au Québec, à l'hiver de 1970, j'ignorais à peu près tout de sa réalité sociale et politique. Un jeune Trifluvien rencontré à la Maison canadienne à Paris m'avait bien mis au parfum, mais je savais à peine que ce coin de pays sortait d'une longue période régressive. On évoquait à tout propos une grande noirceur à quoi on imputait à peu près tout. J'avais une certaine difficulté à m'imaginer qu'un peuple si ouvert, à ce qu'il me semblait, ait pu subir sans rechigner un tel obscurantisme. Je voyais bien que la plupart des villes et des villages étaient désignés d'un nom de saint ou de sainte. Tout se passait comme si un hagiographe avait influencé la toponymie locale. J'étais étonné, sans l'être. On m'avait prévenu. Comme j'avais été élevé dans la religion catholique, je m'en suis accommodé facilement.

Il n'y a pourtant aucune trace d'inquiétude religieuse dans l'œuvre de Louis Audry. L'agnosticisme le plus absolu y est de règle. Dans Amours, qui est de 1963, André met fin à sa vie. Dans Félicités, qui devait suivre deux ans plus tard, il cite Aragon en exergue. Étranges

Visiteurs *doit être reçu comme on reçoit Cioran. Il convient de le tenir pour une charge, le défaitisme n'est jamais loin de la drôlerie.* Quant aux Mauvaises Influences *et à* En attendant la mort, *ce sont des journaux intimes à peine déguisés, des romans qui mettent de l'avant un hédonisme désespéré à mille lieues du climat benêt du duplessisme et de l'époque contemporaine.*

Comment Louis Audry s'est-il sorti si aisément de la prison idéologique que constituait le Québec de son adolescence et de son jeune âge? J'y vois, quant à moi, une preuve de sa force de caractère. À quinze ans, il songeait à devenir prêtre. Il avait même envisagé une vie de cloîtré. Il en parle brièvement dans les premières pages des Mauvaises Influences. *D'ailleurs, il est évident qu'il a prêté plusieurs de ses traits personnels au personnage de Maurice. Frôlant un jansénisme ascétique, le jeune garçon qu'il était envisage même une existence placée sous le signe d'une chasteté absolue. Il lisait Pascal, s'informait au sujet des « messieurs de Port-Royal », annotait les essais que Sainte-Beuve leur a consacrés, tout en maudissant la stupide bondieuserie de ses compatriotes. Puis, soudain, vers sa dix-neuvième année, virevolte étonnante. Il se met à lire Voltaire, Diderot, Laclos, Swift.*

Louis Audry n'aime pas à parler de cette période de sa vie. Comme si la fréquentation des mystiques était une tare. Est restée de cette étape une certaine misanthropie, une méfiance vis-à-vis des emportements des hommes. Ce qui ne l'a pas empêché dans ses romans d'exalter la vie sous toutes ses formes. Il est le chantre par excellence du corps féminin, il exalte la valeur irremplaçable de la *passion amoureuse. Comment peut-on sortir indemne de la lecture du dernier chapitre d'*Étranges Visiteurs *? Que Louis Audry ait réussi en si peu d'années à atteindre à une parfaite maîtrise de l'écriture tient presque du miracle.*

Audry a su trouver en lui les forces de la libération. Sûrement parce qu'il est homme qu'aucun système ne peut satisfaire. Il s'est défait de la mainmise de la religion parce que sa lucidité ne pouvait s'accommoder de quelque mysticisme que ce soit. Ce qui ne l'a pas empêché de fréquenter assidûment les écrits sacrés. Les Confessions *de saint Augustin, il les a lues et relues comme pour mieux s'en libérer. Quand est arrivée l'emprise de la linguistique sur la littérature, il n'a pas mordu à l'hameçon. Trop prévenu pour se livrer à une approche savantissime de la chose littéraire. C'est d'ailleurs à la suite des excès qui sévissaient en France dans les années soixante qu'il s'est tourné vers des auteurs italiens et américains, lui qui jusqu'alors n'avait eu que des fréquentations hexagonales.*

Un peu plus tard, il a su prendre position pour l'indépendance du Québec sans pour autant souscrire au maoïsme de salon ou aux idées reçues au sujet du stalinisme. Toute idée de collectivisme lui a toujours répugné. Il l'a démontré de façon irréfutable dans un texte fondamental paru dans la revue Liberté *en 1969.*

Lire Louis Audry, c'est avant tout accepter de se livrer nu face à une œuvre d'une franchise totale. Louis Audry n'est pas un amuseur. Pour lui, la littérature est une ascèse, une invitation à la réflexion la plus exigeante.

II
L'APRÈS-MIDI

Les hommes, dirait-on, n'aiment pas à se souvenir des heures où ils marchaient, incertains, à leur propre rencontre.

PIERRE BERGOUNIOUX, *Miette*

Pascale Morand vient de partir. Louis estime qu'elle n'a pas très bon goût en littérature. Choisir tous les romans d'Albert Maréchal, alors qu'elle a levé le nez sur ceux de Pavese, de Bassani, de Marcel Aymé. Maréchal, Louis l'a bien connu. Il l'a même publié à trois reprises. Ses manuscrits, plus qu'imparfaits, qu'il fallait reprendre presque mot à mot, il ne les a pas oubliés. C'est par faiblesse qu'il l'a accueilli dans sa maison. Le bonhomme était aimable, on se sentait tenu de l'aider. Il avait au reste obtenu une presse favorable. Pas étonnant, ses romans faisaient appel aux bons sentiments. Ce qui les sauvait de la pure médiocrité, c'était un parfum de poésie naïve qui se dégageait de certaines de ses pages. Ses huit romans ont été écrits dans la même tonalité. Un jour, Maréchal lui a fait faux bond. Louis en a été blessé, puis il a oublié. Pourquoi avoir gardé ses livres si longtemps ? À cause des dédicaces ? Des mensonges, maladroits de surcroît. Probablement le désir de retenir un peu du temps qui passe. Maréchal a été un auteur attachant malgré tout, même s'il s'est métamorphosé en un écrivain officiel qui paraît parfois à la télévision et qui fait partie de commissions d'enquête.

Louis avait au moins réussi à glisser dans les trois sacs de papier kraft *Tonio Kröger, Lolita* et *Le Cœur hypothéqué*. Ces titres, il les avait retenus. Il y en avait beaucoup d'autres, mais lesquels ? Il était si heureux de libérer un peu d'espace qu'il ne se posait plus tellement de questions.
Devant Pascale, il a été si amène qu'il en est lui-même étonné. Il peut donc être encore gentil dans la vie ? La petite noiraude conservera probablement le souvenir d'un homme accueillant, d'une affabilité exemplaire, plein de prévenances alors qu'en réalité il maugrée à longueur de journée. Pascale l'a touché. S'il avait osé, il aurait tenté de la garder quelques minutes de plus. Elle a su l'intéresser. On pouvait donc être âgée d'un peu plus de vingt ans et être aussi souriante en l'an 2000 ! Qu'il est enivrant de prêter l'oreille aux propos d'une jeune personne qui donne l'impression d'une fraîcheur pour lui nouvelle. L'émotion que Pascale n'a pas cherché à dissimuler était belle à voir. La féminité sans le recours à la ruse. Bien sûr, on ne joue pas de la même façon le jeu du charme devant un vieil homme qui vous reçoit en robe de chambre et dont la barbe n'est pas rasée de frais. Il y a aussi sa surdité. Il entend de plus en plus mal, surtout de l'oreille gauche. La petite reviendra-t-elle ainsi qu'il l'en a priée ? Il a même insisté.

Il lui aurait tout donné. Tout sauf un album de

reproductions de Georges de La Tour. Un cadeau de Monique. Pascale l'a feuilleté, elle a admis sans difficultés ne même pas connaître ce nom. Elle affectionne les impressionnistes, voue un culte étonnant à Monet, adule Turner, pas une sotte, mais La Tour, elle ignore. Louis aurait souhaité lui faire apprécier le maître, mais se séparer de cet album, pas question. À cause de Monique, évidemment, mais aussi à cause d'un voyage à Nancy où avec Marie-Ève il avait passé plusieurs heures à rêver au Musée historique lorrain. Il s'était longtemps arrêté devant *La Découverte du corps de saint Alexis*. Marie-Ève avait voulu l'entraîner, elle se sentait fatiguée, il avait insisté pour contempler le tableau plus longtemps. Lui, que la peinture n'avait qu'indirectement touché jusqu'alors, était fasciné par la luminosité de cette toile, par la gravité inscrite dans les visages. Il se passait rarement une semaine sans qu'il consulte son album. En particulier la page où on avait reproduit *La Madeleine au miroir* ou encore celle de *La Madeleine pénitente*. Était-ce la vue du crâne que la Madeleine contemple qui le fascinait ou la douceur du visage mis en présence du mystère de la mort? Louis ne quitte pratiquement plus son domicile. Il lui arrive pourtant de souhaiter se rendre à Washington à seule fin de visiter la National Gallery. Il passerait tout un après-midi à s'imprégner de *La Madeleine pénitente*, arpenterait quelques rues de la ville en pensant à Alain qui a été en poste là-bas il y a dix ans, puis rentrerait à Outremont. Une extravagance, la dernière peut-être qu'il se permettrait. Son médecin ne serait pas d'accord, à cause de son hypertension. Mais il n'allait jamais jusqu'au bout de son projet. Un velléitaire, voilà ce qu'il était. Marie-Ève ne comprenait pas qu'il éprouvât une telle fascination pour La Tour. Peut-être avait-elle deviné que l'album aux reproductions bon marché était un cadeau de Monique ? Le bouleverser, cette peinture ? Pas toujours. À certains moments, au contraire, elle lui procurait une paix rassurante. Comme si elle lui apprenait que la mort peut être un havre de sérénité. On entrait dans le néant avec un indicible effroi peint sur son visage, mais cette hébétude était passagère. Pendant toute sa vie, après tout, on s'est habitué à la frôler, à l'envisager, à la contempler, sa mort. S'il est une grandeur dans l'art en général, croit Louis, ce sont les toiles de La Tour qui en sont la parfaite illustration.

Quand on lui demande pourquoi il a cessé d'écrire — cela se produit à l'occasion —, Louis n'ose pas répondre que c'est surtout par modestie. Mieux que personne, il sait que ses romans sont inachevés, qu'ils n'approchent même pas de l'état de perfection dont à certains moments de félicité il s'est cru capable. Devant une page de Flaubert, devant un tableau de La Tour, comment ne pas constater la relativité de son talent ? Bien sûr, il y a une foule d'autres raisons qui expliquent son silence. Petit à petit l'à-quoi-bon a pris le dessus. Pourquoi, comment jouer son va-tout dans une occupation dont la vanité ne tarde jamais à apparaître ? On ne peut écrire, croit-il, que lorsqu'on consent à l'aveuglement. Faire abstraction du monde pour s'isoler, faire comme si rien d'autre n'importait, être prêt à devenir malheureux si l'œuvre doit en bénéficier, c'était là une discipline dont il n'a plus été capable.

En ce jour de son soixante-quinzième anniversaire, alors qu'il se sent particulièrement seul, la visite de Pascale ne l'ayant diverti que pour quelques minutes, il se dit qu'au moment de la défection de Marie-Ève il a eu tort de chercher à l'oublier. Elle l'avait trahi, certes. Mais ne passons-nous pas notre temps à trahir ? Depuis quelques mois, il cherche même à la redécouvrir. Il n'en revient pas d'avoir été si distrait. Négligent avec elle, inattentif avec Monique. L'esprit ailleurs, l'humeur vagabonde.

Il se souvient avec attendrissement des tentatives qu'il avait faites à différents moments pour redevenir amoureux fou de Marie-Ève. Amoureux comme aux premiers jours, alors qu'il accourait vers elle rempli de désir. Chaque fois, elle ne répondait qu'à demi, réagissant comme si leur histoire était entrée pour toujours dans une douce répétition des choses. Le calme visité par la tendresse, le domaine de Marie-Ève. La passion évacuée à jamais. Elle était constamment préoccupée par ses enfants, se demandant si Johanne réussirait un jour à tirer son épingle du jeu, s'inquiétant des exils successifs d'Alain, confiant à Sylvie la plus minime de ses craintes. Des raisons pour ne pas écrire, il n'est pas difficile d'en trouver. Le désintérêt de Marie-Ève pour ses livres avait pesé aussi. Elle qui avait été la complice de la première heure ne s'intéressait plus aux Éditions du Peuplier que dans la mesure où ses problèmes financiers étaient résolus. Les écrivains qu'il publiait donnaient l'impression d'être guidés uniquement par leur besoin d'écrire, on aurait juré qu'ils tombaient amoureux, s'unissaient, se séparaient, avaient des conduites répréhensibles dans le seul but d'en tirer des romans. Ils apportaient manuscrits sur manuscrits, les plus jeunes remplis d'illusions, alors que lui, l'homme pondéré, le revenu de tout, savait à quoi tout cela rimait. À rien ou à presque rien. À moins d'être Stendhal ou Pessoa, ou quelque écrivain méconnu chez qui un lecteur éclairé découvrirait une voix aussi intime qu'irremplaçable.

Cette Pascale, vraiment, Louis l'a appréciée. Pas seulement parce qu'il souffre de solitude. Elle est de ce genre de femmes qui l'a toujours fasciné. Vive, primesautière, curieuse de tout. Marie-Ève à vingt-cinq ans. Il aurait aimé lui parler vraiment, savoir par exemple si elle était totalement éprise. De son Yvan, il n'a rien su. Pourquoi vit-elle avec lui? Rien n'est plus fascinant qu'une femme amoureuse. Dans les romans de Louis, on trouve plusieurs personnages féminins, mais il sait maintenant qu'ils n'ont pas de consistance, des fantoches limités à leur apparence physique. Encore là, il s'est contenté de détails insignifiants. Cette tare de romancier, cette difficulté à comprendre les femmes, ne l'a-t-il pas reproduite dans ses relations? A-t-il connu Marie-Ève ou a-t-il vécu avec une inconnue?

Une image s'impose à Louis. Il revoit Pascale. Elle est songeuse tout à coup.

— Parfois, vous savez, j'aimerais être seule. Pour réfléchir à ma guise, penser, lire, sans avoir à me justifier. Yvan ne comprend pas tout à fait. Il a beau lire tant et tant, il n'a pas besoin de silence.

Louis se souvient d'avoir dit une banalité. Une autre.

— Il faut apprendre à s'isoler. Ce n'est pas si facile. Moi aussi, j'ai beaucoup lu. Je lirai jusqu'à la fin. Sans doute. Pas nécessairement les livres que je lisais à votre âge.

Afin de ne pas troubler Pascale, Louis s'était retenu de lui apprendre que Dino Buzzati ne voyait pas l'intérêt d'avoir une bibliothèque trop fournie ou que Joubert arrachait les pages qui ne l'intéressaient pas dans les livres qu'il lisait, de sorte que ses étagères étaient remplies d'ouvrages incomplets. D'une telle opération, Louis serait incapable. Réflexe d'éditeur, probablement, mais pour lui le livre est un objet important, presque une âme qu'on ne peut mutiler.

— Parfois, en présence d'un livre ou d'un auteur, je me sens complètement idiote. Je ne parviens tout simplement pas à me l'approprier. Alors, je m'en fais une histoire. Je me demande si je ne vais pas tout rater, je ne donnerais pas cher de ma petite personne.

— C'est peut-être qu'il n'y a pas eu osmose entre vous et le livre en question. Ne vous tracassez pas. Vous trouverez toujours des livres qui vous conviendront. Si seulement mes enfants avaient été comme vous. Il y a bien Sylvie, elle lit beaucoup, mais un peu n'importe quoi. Les deux autres, rien à faire. Sylvie, justement,

viendra tout à l'heure. Elle est admirable de patience. Elle s'occupe de moi. Je suis devenu son troisième fils. En quelque sorte. Je ne suis pas tellement obéissant. Elle viendra parce que c'est mon anniversaire.
Elle avait voulu savoir lequel. En baissant la voix, comme s'il en avait un peu honte, il avait répondu :
— Soixante-quinze ans. Ça doit vous paraître bien vieux. Et vous avez raison. Je n'en reviens pas moi-même. Avoir passé toute sa vie à se méfier des vieux, à se moquer d'eux en certaines occasions, à les trouver laids, pour en arriver là ! Mais laissons ces choses tristes. Vos études, elles vous plaisent ?

Pascale avait eu une moue, puis, sans crier gare, l'avait embrassé sur la joue. Louis n'était pas sûr de ne pas avoir rougi.

— Pourquoi êtes-vous si triste ? lui avait-elle demandé quelques minutes plus tard.

Pas triste, ma petite, mais désemparé. Voilà ce qu'avait pensé Louis. Sans le dire, évidemment. Personne n'aime entendre ce genre de propos. À vingt ans comme à cinquante.

— J'ai toujours été un peu comme ça. Et vous, ça vous arrive de l'être ?

— Souvent. Je vais finir par m'habituer. Vos romans aussi sont tristes. Mais on vous l'a dit souvent, j'en suis sûre.

— Régulièrement. Même à propos de ceux qui le sont un peu moins. On m'a posé une étiquette. C'est plus commode. Mais laissons cela. Je vous appelle un taxi ?

Toute ma vie, j'ai lu couché. J'ai même déjà prétendu dans une interview que le plumard, pour moi, était avant tout un appel à la lecture. Une boutade, bien sûr, mais qui n'est pas complètement exagérée. Il fut un temps pourtant où je ne me débrouillais pas si mal en ce qui a trait aux ébats amoureux. Je n'ai jamais été un maniaque à la recherche de prouesses sexuelles, mais enfin à soixante-quinze ans la prostate se débrouille comme elle peut. Je bande mou, mes érections sont plus brèves. Moins de rêves érotiques, moins de rappels d'aventures passées. Me restent mes enfants, Raymond, les livres, les disques. Encore que mes yeux se fatiguent aisément et que mon écoute de la musique soit de moins en moins fidèle.

    Pourquoi a-t-il fallu que je jette un autre coup d'œil sur la prose de Raymond Boujut? Pour commencer, il écrit sans originalité. Ce qu'il avance, n'importe qui aurait pu en être l'auteur. J'aurais mieux fait de m'assoupir. Vers une heure, tous les après-midi, je fais la sieste. Pas longtemps, vingt minutes, trente, histoire de marquer une halte. De toute manière, Raymond aurait été l'analyste le plus pénétrant que je n'aurais rien tiré de sa préface. Elle ne me concerne tout simplement pas. L'écrivain que j'ai été n'a plus cette curiosité. On a écrit sur mes livres, parfois de façon très juste, mais je réussis à ne me souvenir de rien. Je ressasse sans fin des moments de mon existence, mais je veux oublier ce passé-là. Il ne me concerne plus. Je ne tiens pas à mes œuvres complètes, c'est une rigolade. J'aurais dû m'opposer à leur parution. Dire qu'il va me falloir répondre à quelques interviews, que je devrai poser à l'écrivain.

Je ne me lèverai pas tout de suite. Sinon, gare aux étourdissements. Ainsi donc, Raymond croit que j'ai voulu me faire prêtre, pis encore, moine ! Où a-t-il pris ces faussetés ? Est-il assez naïf pour avoir ajouté foi aux propos que j'ai tenus devant une journaliste à une Rencontre des écrivains à Sainte-Adèle, vers 1972 ? J'avais bu un peu, la journaliste aussi, je la trouvais splendide, elle l'était, nous étions au bar du Chanteclerc, elle avait lancé : « Avez-vous une confidence sensationnelle à me faire ? » Elle voulait saupoudrer son article, les idées dont on débattait en assemblée l'ennuyaient. C'était aussi mon sentiment. Je n'ai jamais été un homme d'idées. Alors, j'ai fait le clown, je me suis inventé une jeunesse que je n'ai jamais eue. La grande noirceur, je n'y ai jamais totalement cru. Je suis né le 30 avril 1925 dans une société aussi catholique que rétrograde. Une Espagne en Amérique. Ceux qui ont été assez niais pour croire à ce qu'on leur enseignait n'ont qu'eux à blâmer.

Pas besoin d'être tellement clairvoyant pour se rendre compte que ce monde-là était aussi bête qu'étouffant. Pas besoin d'être tellement audacieux non plus pour lire des livres interdits. À seize ans, je faisais mon miel des contes de Voltaire, je dévorais *La Religieuse* de Diderot et je me masturbais en lisant Restif de la Bretonne. L'Action catholique, les mouvements du genre, je n'en avais rien à cirer. Aucun curé n'avait le droit de m'indiquer ma ligne de conduite, encore moins de diriger mes lectures. Les prêtres, j'en ai connu quelques-uns d'éclairés. Les autres, de pauvres diables empêtrés dans leur ignorance, se débrouillaient tant bien que mal avec leur vœu de chasteté. Ah ! si je pouvais connaître de nouveau une parcelle du plaisir que m'a procuré ma première lecture de *La Vie de Henry Brulard* ! J'ai tout de suite su que mon univers était contenu dans ces pages, que ce vent de liberté, que je retrouverais dans les premières pages de *La Chartreuse,* m'accompagnerait jusqu'à ma mort et que leurs interdictions, leurs mises en garde ne pouvaient effrayer que les médiocres. Il fallait être passablement crétin pour s'imaginer qu'un cardinal en chaire, fût-il fraîchement arrivé de Rome, valait une ligne de Benjamin Constant ou de Vivant Denon.

Non, Raymond, je n'ai pas été courageux. Je n'ai eu que ce qu'il seyait d'avoir de clairvoyance pour m'apercevoir que ces gens étaient des menteurs, des assoiffés de pouvoir. Ils ne me disaient pas la vérité, je suis donc allé voir ailleurs. Et bien sûr j'ai côtoyé une foule de mensonges, qui au moins ne m'étaient pas imposés. J'y adhérais sans effort, quitte à me rétracter.

C'est ainsi que plus tard j'ai été castriste, tiers-mondiste et tout ce qu'on veut. Du bout des lèvres, évidemment, incapable de faire mien quelque catéchisme que ce soit. J'ai mis mon nom au bas de pétitions, j'ai appuyé des *causes*. Sans abuser. Jamais de petit livre rouge pour moi. Je sortais difficilement de mon bréviaire personnel. Celui que je rédigeais, souvent malgré moi, à mesure que s'amenuisait le nombre de jours qu'il me restait à vivre.

Quand on parle de la période qui a précédé ce qu'on appelle curieusement la Révolution tranquille, je suis toujours étonné de constater qu'on s'imagine que le Québec d'alors était tout entier embrigadé dans la bondieuserie. C'est oublier que le catholicisme étroit était en marche ailleurs à la même époque. Je n'ai pas suivi les curés, mais je n'étais pas le seul. J'avais des amis, nous étions tournés vers la France, vers des auteurs qui tenaient un autre langage. Ceux qui se sont laissé gober par l'Église, comme ils l'auraient été par n'importe quelle politique réactionnaire, étaient des mous. Les clercs occupaient tout le terrain, mais on pouvait les déjouer. J'aurais aimé devenir professeur de lettres dans un collège, impossible ou presque d'occuper ce genre de poste pour un laïc vers 1950. Plutôt que de choisir les lettres, je me suis dirigé vers la faculté de droit. Voilà tout. Dès que j'ai pu, je me suis inscrit dans des mouvements qui cherchaient à miner l'influence de l'Église. Perspicace, je ne l'ai jamais été. Raymond exagère. Il veut vendre une image. C'est le rôle d'un préfacier.

Quant à l'indépendance du Québec, il n'y est pas du tout. Je ne suis en rien un patriote. Toute idée de nationalisme m'est étrangère. Depuis les années soixante, et grâce à Monique surtout, j'estime que le Québec a tout pour devenir un pays. Je n'ai jamais prétendu que ce pays serait exemplaire. La plupart des caractéristiques qu'on s'accorde à donner au Québec me sont étrangères. Je tolère mal ceux qui brandissent des drapeaux à tout moment. Quand j'ai reçu le prix David, je me suis retenu de ne pas attaquer une fois de plus la passivité satisfaite des miens. Mais enfin, ce n'était ni l'endroit ni le moment. Le ministre de la Culture à mes côtés, je me suis contenté de sourire. Quand, au référendum — le premier —, le Non l'a emporté, j'ai écrit une lettre que *Le Devoir* a publiée. J'étais cinglant. On m'en a voulu. Dans l'opération, j'ai perdu deux auteurs et un important contrat d'édition. Je ne l'ai jamais regretté.

Au fond, Raymond a bien du mérite. C'est par faiblesse qu'il a accepté de se faire le chantre de mes livres. Je ne suis pas sûr du tout qu'ils l'intéressent. Il lit américain, le Raymond. Salinger, Carver et tutti quanti. Je ne lui en veux pas. Il y a d'autres auteurs à lire que Louis Audry, un flemmard, un peureux, un traîne-savates. Ça ne l'empêche pas, Raymond, d'aimer que nous cassions la croûte une fois de temps à autre. Il s'occupe de tout, réserve les places chez Lévèque, il s'informe même du menu au téléphone. Il n'oublie pas que je l'ai aidé naguère. Sa reconnaissance me pèse parfois. Tout m'énerve au fond. Surtout ne pas en vouloir à Raymond.

J'ai mal au dos tout à coup. J'ai peut-être exagéré tout à l'heure, je n'avais pas à porter un des sacs de livres jusqu'au taxi. D'autant plus que j'étais en pantoufles. Quelle imprudence ! J'aurais pu glisser sur la mince couche de glace de l'allée. Une fracture de la hanche à mon âge, ce serait du joli. Je devrais alors vivre dans une maison de retraite. Tout cela parce que je me suis cru obligé d'être galant. Vieux fou, va ! Raymond parlera peut-être de mon désir de faire la cour à toutes les femmes que je vois. Je suis incapable de me retenir. Il le sait, lui qui m'a si souvent aperçu en conversation avec les romancières des Éditions du Peuplier. Louis Audry et les femmes, voilà un thème à développer. Et vendeur en plus, mon cher Raymond.

Le père jésuite suait à gros bouillons. À ses pieds, un équipement d'escalade en montagne. Il était nu et fumait un Davidoff grand cru numéro 5. Autour de lui, des femmes en soutane, affublées d'étoffes multicolores. Un haut-parleur diffusait à tue-tête un air de salsa. À peine âgé de cinq ans, Louis se contentait de regarder le spectacle qui s'offrait à lui. Son pénis était minuscule. Une femme s'était alors approchée du père jésuite puis s'était agenouillée. Il avait à peine tenté de la repousser, ne tardant pas à l'attirer vers lui.

Louis n'a pourtant pas mangé lourdement. Ce n'est pas le potage de dix heures qui a surchargé son estomac. Le rêve est d'autant plus étonnant qu'il n'a jamais connu un seul jésuite et que les prêtres qu'il a côtoyés dans son enfance et son adolescence n'ont pas eu de gestes équivoques. À part un frère des Écoles chrétiennes à la main un peu insistante, il n'a jamais rencontré de religieux libidineux.

Combien de temps a-t-il dormi ? Une heure au moins. Raymond n'a pas paginé son texte, des feuilles sont éparpillées au pied du lit, d'autres jonchent le sol. Tant pis. De toute façon, il est bien décidé à donner son accord. Pour les traductions anglaises de ses romans, il n'a pas agi autrement. Une fois publiés, ses romans ne l'ont jamais intéressé.

Il se rend compte qu'il y a quelqu'un dans la cuisine. Pourtant il n'attend personne avant quinze heures. Il se lève péniblement, les ressorts du matelas font un bruit agaçant. Il devrait en changer, mais c'est comme le reste, il se demande toujours s'il vaut la peine de se donner ce mal puisque la fin s'annonce. Comme sa mère qui l'a bassiné pendant des années avec ses malaises. Elle est morte à quatre-vingt-dix ans et à la suite d'un accident d'auto de surcroît. Il se penche, ramasse les feuilles, tente de les remettre en ordre, y renonce. Sylvie n'attend pas qu'il soit debout pour lui sauter au cou.

— Je suis venue plus tôt que prévu. Excuse-moi. J'aurais pu prévenir. Marc est désolé. Une urgence.

— Les garçons?

— À leur âge, tu le sais bien, ils sont toujours pris. Alexandre a son piano. Daniel, son badmington.

Il s'informe quand même de ses petits-enfants. Un grand-père n'a pas le droit de ne pas les aimer. Les aime-t-il, justement? Le cadet, oui. C'est un sportif, mais il l'intéresse. Alexandre, un peu moins, il a le genre fesses serrées. Comme son père.

— Papa, si on allait au salon? Je t'ai apporté quelque chose. Qu'est-ce que tu bois? Je nous sers un verre. L'occasion est belle, non?

Un verre à la santé des grabataires ! Il faut en profiter pendant qu'il en est encore temps. Tant pis pour les buveurs de tisane. Elle prendrait bien un kir. S'est-il procuré du sirop de cassis ? Il en manquait la dernière fois. Évidemment, il a oublié. Elle s'en doutait bien un peu. Son père n'a plus de mémoire. Sauf pour ses ennemis. Elle se contentera donc d'un verre de vin blanc.

— Tu en as au moins ?

— Autant que tu peux en souhaiter. Raymond est passé l'autre jour. Il était en voiture. Deux caisses, voilà ce que j'ai acheté. Il y a du chablis, du muscadet, du sancerre.

Elle ne lui demande même pas ce qu'il boira. Elle le sait.

La voix de Sylvie lui parvient, un peu lointaine tout de même. Elle est pourtant tout à côté. Nul doute, il devient de plus en plus sourd. Se munir d'une prothèse auditive, il y a bien songé. Mais il ne voit pratiquement personne. Il oublie que lorsqu'il se place devant son poste de télévision, il augmente le volume de plus en plus. Quelle importance puisqu'il ne vit pas en appartement. Avec la petite Pascale, tout à l'heure, il aurait pourtant bien aimé converser normalement. Il aurait dû la faire répéter plutôt que de se résigner à deviner certains mots.

— Un verre de sancerre, ça me plairait, dit-il.

Sylvie ne peut pas l'entendre. Elle s'affaire dans la cuisine. Fini le temps du cognac ou du Chivas. L'alcool lui a été un remède, une béquille. C'est fini, bien fini. Il n'a jamais tellement abusé, mais un scotch en fin de journée, il aimait bien. C'était à l'époque où à son bureau il recevait quelques amis, toujours les mêmes, des auteurs, toujours les mêmes également.

Sylvie a depuis quelques années des rides sous les yeux. Peu appuyées, il est vrai, et qui ne nuisent pas à sa personnalité. Au contraire, un attrait supplémentaire. Puisqu'elle a toujours fait dans le genre secrétaire de direction. Aujourd'hui, elle a revêtu une robe rouge, à l'encolure profondément échancrée. Rien n'y fait, elle en imposerait à n'importe quel homme. Elle ne ressemble en rien à sa sœur. Autant Johanne est mince, autant Sylvie doit sans cesse surveiller sa ligne. Au restaurant, Sylvie choisit toujours les plats en sauce, affectionne les desserts à la crème Chantilly. Marc lui en fait parfois le reproche. Louis le supporte mal. Qu'il s'occupe donc de ses placements, celui-là ! Sylvie ne bronche pas, ne semble même pas entendre les remarques de son mari. Le moment venu, elle se met au régime. Elle les a tous essayés, Weight Watchers, Montignac, des tas d'autres. Et tout cela dans la bonne humeur. La nature de Sylvie, voilà ce que Louis aurait aimé avoir. Tout plutôt que l'insatisfaction instinctive qu'il a toujours ressentie par rapport à la vie. « Mais alors, tu n'aurais pas écrit ! » lui rappelle Raymond. La belle affaire ! Au moins, il serait moins tendu. Comment fait sa fille pour se mouvoir si aisément dans la vie ? Les malheurs ne semblent pas avoir prise sur elle. Un enfant perdu en bas âge, un travail qui ne la passionne guère, elle sourit quand même. Une tuile s'abat-elle sur elle, elle se relève comme si de rien n'était. Si Johanne avait la moitié de sa force !

Dans quel état la retrouvera-t-il ce soir ? À supposer qu'elle ne déclare pas forfait. Avec elle, on ne sait jamais. Sylvie est revenue. Elle lui tend son verre. Il la remercie d'un sourire.

— Mais quoi ? Tu t'es fait un kir ? J'avais donc du sirop de cassis ?

— Comme tu vois.

— Raymond a dû m'en apporter.

— Papa, tu sais que je n'ai pas eu besoin de ma clé pour entrer ? La porte était même entrebâillée. C'est imprudent. Et puis, il fait plutôt froid cet après-midi. Le vent s'est levé. Près de zéro. Tu ne t'es aperçu de rien, évidemment. Tu es sorti, ce matin ?

Louis, qui n'est pas réveillé, raconte ce qu'il a fait depuis son lever. Il omet de dire que son visiteur était une jeune femme. Une coquetterie. Sylvie se serait peut-être moquée de lui. Il n'a tout de même pas été ridicule après tout. Poli, sans plus. Cette petite l'a ému, voilà tout. Sylvie se serait sûrement payé sa tête. Sans méchanceté. N'empêche.

— Il n'a rien trouvé à son goût, mon étudiant. C'est à se demander pourquoi on dérange les gens. Et puis, je suis bien obligé de l'admettre, ma bibliothèque a vieilli en même temps que moi. Il était plutôt intéressé par la sociologie, par l'histoire. Moi, j'ai toujours été un littéraire.

Qu'est-ce qui lui prend de perpétuer le mensonge, d'insister ? Il aurait suffi qu'il se taise. Il devient gâteux, estime-t-il.

— Et ton cadeau ? Tu m'as annoncé un cadeau.

— J'oubliais.

D'après la forme de la boîte, c'est une bouteille d'alcool. Un armagnac ou un calvados. Sylvie a dû s'apercevoir l'autre jour que son cabinet à liqueurs était presque vide. Même s'il a promis au docteur Poirier de ne plus toucher à des alcools trop forts, Louis se dit qu'il lui faut se montrer réjoui. Marie-Ève ne lui a-t-elle pas souvent reproché de ne pas savoir remercier, pire encore, de ne même pas sourire quand on lui offrait un présent ? Il défait la boucle rouge, doit s'y prendre à deux fois, déchire maladroitement l'emballage en papier doré. Il embrasse Sylvie, dit qu'elle a fait un excellent choix, qu'il y a longtemps qu'il n'a pas goûté à de la bénédictine.

Sylvie se rassoit, trempe ses lèvres dans son kir, puis proclame avec une emphase lourdement appuyée qu'elle n'en a jamais goûté de meilleur. Elle s'enquiert de la santé de son père. Les douleurs au dos ? L'hypertension ? Pourquoi pas les selles et la coloration de son urine tant qu'à y être ! Il essaie de faire dévier la conversation, il ne supporte pas qu'on le traite en perpétuel convalescent. Il sait bien pourtant que l'amour des vieux passe irrémédiablement par ce type de préoccupations. Si Sylvie avait passé outre, il en aurait été mécontent. Jamais satisfait.

— Papa, tu ne trouves pas que si tu étais raisonnable, tu vendrais la maison ? Elle est beaucoup trop grande pour toi. Tu n'arrives plus à l'entretenir.

Elle a raison. Dix pièces pour un homme seul qui de surcroît ne reçoit pratiquement personne, c'est dément. Madame Lussier ne suffit pas à la tâche. Elle n'a jamais été très vaillante, elle ne rajeunit pas, elle non plus. Et puis, cet hiver le toit a coulé, il faudrait repeindre de fond en comble, la robinetterie est vétuste. Il sait tout cela, mais il n'a pas la force d'entreprendre quoi que ce soit. De temps à autre, il reçoit l'appel d'un agent immobilier qui lui apprend que dans son secteur la valeur des maisons a doublé. Il l'envoie paître sans hésiter.

— Je suis à mon aise ici. Elle est bien, ma maison. Ce n'est pas moderne comme chez toi, mais je suis habitué à ces murs. Près de quarante ans que je l'habite, cette maison, tu te rends compte ? Un jour, Sylvie, vous me trouverez sans vie. Je serai mort depuis trois ou quatre jours. Ce sera bien fait pour moi. Au moins, je serai mort chez moi.

Sylvie ne dit rien. Elle n'est pas d'accord, il le sait. Elle reviendra à la charge, elle a autant d'entêtement que lui. Le bien-être de son père est pour elle une priorité. Il devrait l'en remercier, mais la pudeur l'en empêche. Qu'a-t-il fait pour mériter un tel dévouement ? Presque rien. Puisqu'il est entendu que Marie-Ève s'est occupée seule d'élever les enfants. Élever, quel verbe étrange ! Comme si les enfants étaient des plantes, dont les parents seraient les tuteurs. Sylvie, l'aînée de ses enfants. À sa naissance, il a été bouleversé. Il se souvient de nuits où il se rendait sur la pointe des pieds la regarder dormir, émerveillé par la proximité de cette nouvelle vie. C'était à l'époque où Marie-Ève et lui formaient un couple solidement soudé.

— J'ai rencontré Madeleine, hier. Elle a pris de tes nouvelles.

Madeleine, la sœur cadette de Louis. Il s'est brouillé avec elle, il y a bien quinze ans. Pour une sottise, qu'il ne se rappelle même pas. Quinze ans à s'ignorer même si elle habite le quartier. Rien de surprenant, il sort rarement. Jamais très loin, dans les quelques rues avoisinantes. Pour Louis, la situation n'est pas embêtante. Il vit très bien sans cette hystérique. Et son mari, est-il encore concessionnaire d'automobiles ? Il s'est retiré. De décembre à mars, ils émigrent en Floride. Grand bien leur fasse ! C'est leur genre, le steak bien cuit, les cocktails compliqués, les *gourmet dinners* !

— Elle ne va pas très bien.

— Elle est hypocondriaque, ma sœur. Cette fois, c'est quoi, le cancer, le cœur ou la tête ? Elle est toujours avec son avorton ?

Sylvie se réfugie derrière son kir. De toute évidence, son père se passe très bien de sa sœur. Elle ajoute quand même que Madeleine a beaucoup vieilli. « Normal, songe Louis, elle a soixante-douze ans. Ce n'est pas parce qu'elle s'est toujours dorlotée, qu'elle a passé la moitié de sa vie dans les antichambres des médecins qu'elle sera épargnée. La vieillesse est une malédiction, elle devrait le savoir. »

— Est-ce que je me plains, moi ?

— Ça t'arrive.

— Tu as raison.

— Tu ne détestes pas être consolé.

— Tu as encore raison. Soyons sérieux, qu'est-ce que tu veux que je fasse ? Lui téléphoner ? Pas le goût. La voir ? Encore moins. Lui écrire ? Pour dire quoi, que son mari est un imbécile prétentieux ? Je déteste les ivrognes dans son genre. Dit-il, un verre à la main. Moi, au moins, je sais me tenir. Pas mauvais, ce sancerre. Pour ce qui est de la maison, ne t'en fais pas. Il me reste si peu de temps à vivre. D'accord, tu l'as déjà entendue, celle-là. Une bonne fois, ce sera vrai. Si tu savais comme je m'ennuie ! Qu'est-ce qu'il ne donnerait pas pour revivre avec Marie-Ève ! Il croyait en avoir assez de ses sautes d'humeur, de ses jérémiades, de ses accusations pas toujours fondées, mais à côté de sa solitude présente, c'était le paradis. C'est en tout cas ce qu'il dit à Sylvie. Elle le regarde, étonnée. Il ajoute qu'un jour il vendra tout et ira mourir dans un centre gériatrique. Agoniser parmi des vieux, ce doit être merveilleux. N'entendre parler que de leur passé minable, faire la conversation avec des femmes édentées et des vieillards plus sourdingues encore qu'il ne le sera à ce moment-là, voir circuler des éclopés, trouver de l'intérêt à parler des conditions météorologiques alors qu'on est enfermé entre les quatre murs d'une chambre, tout cela avec des nullités du genre de celles qu'il a évitées toute sa vie, voilà qui sera bien. L'aboutissement logique d'une vie. Il pourra alors songer tout à son aise aux êtres malfaisants, ses parents, qui lui ont infligé la vie.

Sylvie baisse la tête. Elle se lève. L'a-t-il blessée ? Louis est tout prêt à faire amende honorable, à dire qu'il en a remis. Ce n'est pas vrai, il n'est pas si cynique ni aussi désespéré. La preuve, il sourit.

— Tu veux un autre kir ? Moi, je prendrais bien un autre verre.

— Et ton hypertension, qu'est-ce que tu en fais ? demande Sylvie insidieusement.

— Je lui donne congé. Le jour de mes soixante-quinze ans, je bois même à sa santé.

Il ne s'est rien permis depuis une semaine. De l'inédit pour lui. Depuis le départ de Marie-Ève, il a l'habitude de boire seul. Jamais d'abus. Une bouteille de vin lui dure trois jours, parfois quatre. Une vingtaine d'années plus tôt, il organisait des lancements, se rendait à des cocktails, convoquait ses auteurs à déjeuner. Il avait alors un léger embonpoint, se couchait rarement avant deux heures du matin, se relevait à sept. Où avait-il pris la force d'écrire tous les jours ? Son dernier roman, il l'avait rédigé dans ces conditions de suractivité, il y croyait, s'imaginait investi d'une mission. Laquelle ? Il ne l'a jamais su, mais il se souvient qu'il n'était heureux que devant sa Remington.

— Marc et moi, ça ne va pas tellement, tu sais.

Louis dépose son verre. Celle-là, il ne l'attendait pas. Il croyait sa fille casée à tout jamais. Marc, un gendre de tout repos, affable, bon mari, bon père. Un peu ennuyeux, mais puisque Sylvie s'en contentait. Les problèmes, c'était plutôt l'affaire de Johanne. Johanne et les hommes de sa vie.

— C'est nouveau ?

Que va-t-elle lui répondre ? Les complications de

la vie à deux, Louis les connaît. Autant à certains moments il a adulé Marie-Ève, autant à d'autres, il l'a détestée. Il a fallu qu'elle meure pour qu'il mesure sa détresse. Tant qu'elle a vécu, il a conservé un espoir.

— Je te rapporte ton verre. Et je me prépare un autre kir. Je n'oublie pas que je conduis. Je serai prudente.

Pendant qu'elle s'affaire à la cuisine, Louis songe au premier garçon que Sylvie leur avait présenté. Elle devait avoir seize ans. Un samedi soir. Ils allaient danser, promesse de rentrer avant minuit. Marie-Ève gérait tout cela. Lui, au-dessus de problèmes de ce genre, se demandant même pourquoi il s'était mêlé d'être à la tête d'une famille. À la tête? Il ne faut pas exagérer. À la traîne plutôt, ne comprenant rien à rien de ce qui se passait chez lui, perdu dans ses fables, écrivant des romans, en éditant d'autres, réussissant à accréditer la thèse qui faisait de lui à la fois un homme de pensée et un homme d'action. Sylvie devenait une adulte petit à petit, apprenait à jouer à la femme avec un garçon plutôt bien fait, pas trop timide, qui l'appelait « Monsieur » en donnant l'impression d'y croire.

— Il est bien, ton sancerre. J'en ai pris une larme. Un petit goût de poire ou de pomme. Tu l'as déniché où?

— À Côte-des-Neiges. C'est Raymond, tu sais, Raymond Boujut qui le connaissait. Pour le vin, je me fie à lui, pas parce qu'il est Français, j'en ai connu des Français qui ne buvaient que de la piquette. Mais qu'est-ce que tu veux dire, Marc et toi…

— Rien de bien grave. La même rengaine. Je ne veux pas t'embêter.
— Qu'est-ce qu'il y a ? Une autre femme dans sa vie ?
— Penses-tu ! Pour lui, il n'y a que le golf qui compte.
— C'est tout ce que tu lui reproches ?
— Laissons cela, je me demande ce qui m'a pris. On n'ennuie pas les gens avec ses problèmes. Surtout le jour de leur anniversaire. Sois rassuré, il n'est pas question de séparation.
— Tu te souviens ? Tu venais toujours t'asseoir sur mes genoux quand tu avais du chagrin.

Elle pourrait ajouter : « Lorsque tu étais disponible », mais elle se retient. Pas le moment. Devant son père, il ne convient pas de ressasser d'anciennes rancœurs. Le temps des reproches est périmé. Il y a prescription.

— Tu te souviens de cette fois où un de nos chatons avait été écrasé par une auto ? Il s'appelait Zorro. Pour me consoler, tu m'avais acheté un nouveau tricycle.

Louis a tout oublié, Sylvie se rappelle qu'elle portait une robe bleu clair à frisons, qu'il pleuvait ce jour-là et que Johanne avait fait une crise de rage parce qu'elle estimait que ses parents ne l'aimaient pas.

— Marc ne fait pas que jouer au golf tout de même. Vous vous engueulez parfois ?
— Rarement.
— Ses affaires ?

— Il n'en parle jamais. Il est vrai que je ne l'encourage pas tellement. Les affaires et moi !

— Mais tu joues à la Bourse.

— De temps à autre, et pour lui être agréable. Je peux même te dire que mes actions sont en baisse sérieuse. Je compte sur ton héritage pour rétablir ma situation financière.

Elle sourit. Une fossette. Son visage s'illumine. Louis retrouve la Sylvie qu'il connaît. Rassuré, il laisse tomber :

— Tu es belle.

Le visage de Sylvie rosit. Les pommettes surtout. Marie-Ève aussi avait l'émotion à fleur de peau. Surtout les premières années de leur union, un rien la touchait. Graduellement, elle s'était transformée en femme plus rigide.

— Ton travail ?

— Il m'ennuie de plus en plus.

Hygiéniste dentaire depuis bientôt vingt ans. La surprise qu'ils avaient eue lorsqu'elle leur avait annoncé qu'elle avait choisi cette discipline. Ils auraient souhaité qu'elle s'inscrive en médecine. Sans lui en toucher mot évidemment, la mode étant de laisser les enfants libres de leur choix de carrière. Elle s'était inscrite au collège Rosemont. Après trois ans de stage à l'hôpital Sainte-Justine, elle était reçue. Tant d'années à blanchir des dents, à prévenir des caries, à sentir des haleines diverses. Comment fait-elle ? Question idiote. Comment a-t-il fait pour accepter que sa femme lui avance l'argent nécessaire à la mise sur pied de sa maison d'édition, comment a-t-il pu supporter qu'elle le surveille de très près afin que l'affaire ne bascule pas, lui, l'homme indépendant par excellence, l'intransigeant, l'incorruptible ? La vie, quelle qu'elle soit, on ne peut que la tolérer. Comment a-t-il fait pour se rendre au même bureau tous les matins, comment a-t-il pu donner la main aux mêmes gens ? Passe encore pour les jours où il portait son manuscrit sous le bras, croyant enfin en être à une sorte d'aboutissement, habité par sa lubie, mais autrement, les autres jours, alors que seule la routine le soutenait ?

— Marc m'ennuie à un point que tu ne peux pas imaginer. Un peu plus et je l'abandonnais la semaine dernière.

— Et les enfants ?

C'est lui qui pose cette question ? Serait-il devenu en vieillissant le défenseur des valeurs familiales ? Il ne songe même pas à s'en surprendre.

— Évidemment il y a les enfants. Ils m'auraient suivie.

— Donne-toi du temps.

— Ne crains rien. Je ne suis pas de celles qui abandonnent ni de celles qui partent. D'autant que je n'ai pas de motif sérieux. Marc m'ennuie, est-ce une raison suffisante pour m'en séparer ?

— Peut-être pas.

— Je sens le besoin de me reposer. Mon patron est d'accord. Pour quelque temps, je ne travaillerai que trois jours par semaine.

— Toi, te reposer ?

C'est la première fois que Sylvie lui tient de tels

propos. Elle toujours si active. Se reposer, est-ce une solution? Après la parution de son dernier roman, il se donnait deux ou trois ans de répit. Un jour, il reprendrait la tâche là où il l'avait abandonnée. Il a laissé entrer le doute, l'a même cultivé. Vingt ans qu'il glandouille, vingt ans qu'il s'interdit la seule activité qui l'a empêché de se torturer. Il est dangereux parfois d'arrêter, il faut bouger sans cesse, faire comme si tout devait continuer éternellement.

— Je ne te savais pas à ce point…

Il hésite, elle poursuit :

— … à ce point déboussolée? Oui, je le crains. Malgré les apparences. Au fond, tu sais, papa, je suis aussi peu fixée dans la vie que Johanne. Heureusement, tu as Alain. Lui au moins a su organiser sa vie.

— Tu crois?

Il ajoute que son fils va sûrement lui téléphoner cet après-midi. Alain a d'ailleurs failli venir, mais un congrès l'a retenu. À New York, à Boston, il ne se rappelle plus.

— Tu veux un petit conseil, reprend-il, le premier depuis longtemps, tu vas appeler ton patron, le docteur Machin, et tu vas lui dire que tu as changé d'avis. Ce n'est pas un mauvais bougre, tu me l'as assez vanté, il comprendra. Ne va pas t'enterrer chez toi deux jours par semaine, tu en souffrirais trop.

Sylvie regarde son père, un sourire narquois au coin des lèvres. Il retrouve l'adolescente qui le bravait parfois. Son rouge à lèvres est d'un rouge trop vif, Marie-Ève n'aurait pas manqué de le lui signaler.

— Tu sais, j'ai même visité des appartements. Je croyais que je pouvais partir. J'avais tort.

Va-t-elle se mettre à pleurer ? Elle réussit à se maîtriser. Louis s'empare des verres vides. Un autre kir ? Elle ne répond pas.

Sylvie n'a pas voulu que je débarrasse. Elle s'est emparée des verres, s'est penchée pour saisir le papier d'emballage roulé en boule que j'avais laissé sur la moquette. J'attends qu'elle revienne. Elle s'active dans la cuisine, j'entends des bruits d'assiettes et d'ustensiles, puis le moteur du lave-vaisselle. Elle ne supporte pas le désordre. Mais voilà qu'elle revient. Elle s'est aperçue que mon garde-manger est dégarni. Elle me pose quelques questions. Est-ce que je vais parfois au restaurant? Seul ou avec Raymond? Quel genre d'établissement? Des bouis-bouis, des gargotes comme il en pleut à Côte-des-Neiges? Est-ce que je commande encore des pizzas infectes par téléphone? Elle trouve pourtant que j'ai maigri. Étonnamment, j'aime qu'elle s'occupe de moi. Du temps de Marie-Ève, il m'arrivait d'estimer que ma femme me couvait trop, je m'impatientais, je la priais de me laisser tranquille. Qu'est-ce qu'elle avait donc à me surveiller, à m'épier, à voir à ce que je ne commette jamais d'abus? Maintenant que je vis seul, que j'ai plus que mon lot de solitude, je supporterais bien d'être enquiquiné de la sorte.

Sylvie est partie en coup de vent tout à l'heure. Sans me demander ce que je souhaiterais manger. La priorité, emplir le garde-manger. Pourvu qu'elle ne fasse pas emplette de denrées impossibles ! Quand elle se met à jouer les nutritionnistes, elle est redoutable. Le poisson, par exemple, je ne tolère que le saumon et la truite, et encore ! Je ne m'en fais pas outre mesure, je trouverai bien quelqu'un à qui refiler les choses qui ne me plairont pas. Madame Lussier est tout indiquée. C'est à elle que je remets les cadeaux dont je n'ai pas l'usage. Mes vêtements, pas question, je les use.

Au moins, aujourd'hui, je n'ai pas eu à supporter un repas de famille. La dernière fois, une catastrophe. Était-ce l'an dernier ? Il y a deux ans plutôt, à Noël. Sylvie nous a reçus chez elle. Marc était de mauvais poil. Peut-être étaient-ils en brouille ? Maintenant que je sais que tout n'est pas jojo entre eux, je me pose des questions. Johanne était accompagnée par son pianiste. Comment s'appelle-t-il ? Johnny ou Jimmy, je ne sais plus. Mais non, il n'était pas encore dans le décor, celui-là. Luc, plutôt. Alain l'a pris à partie. Il n'aime que la musique cubaine. Luc, nettement le rock. Je n'aime pas les algarades. Ce que je me suis ennuyé ! L'attitude des enfants aurait dû me plaire, ils étaient tout sourire avec moi. Papa par-ci, papa par-là. Est-ce que la dinde est assez cuite ? Je m'en balance. Je déteste la dinde, Sylvie le sait pourtant. Pourquoi m'inviter si elle avait en tête de m'offrir ce menu ? Sa tourtière est fade. Elle a réussi à gâter la recette de Marie-Ève. Je ne peux même pas goûter au vin à mon aise, un beaujolais ordinaire, sans sentir qu'on m'observe. Craint-on que je me soûle ou que je leur claque dans les mains ? Suivent les prises de bec habituelles. Mes enfants s'aiment, mais d'une étrange façon. Johanne se met à reprocher à sa sœur de faire de l'œil à Luc, Alain me rappelle que j'ai été injuste à son égard quand il est parti pour les États-Unis. Qu'est-ce qu'il aurait souhaité que je lui achète, un appartement dans le secteur huppé de Washington ?

Du passé, tout cela. J'ai échappé à une cérémonie de ce genre sûrement parce qu'Alain n'a pas pu se déplacer. Sans congrès à la clé, il nous aurait peut-être invités au Ritz. Sylvie a dû insister, lui demander s'il était vraiment essentiel qu'il participe à cette rencontre internationale. Ne pouvait-on pas le remplacer ? Sylvie peut être manipulatrice en pareil cas. Sylvie, la bien mariée, qui songe parfois à se séparer de son mari. Pendant des années, elle m'a semblé la personnification du bonheur conjugal. Comment pouvais-je me douter qu'une fille qui rit à tout moment, qui s'occupe de ses enfants avec entrain, qu'un rien amuse, puisse nourrir semblables desseins ? Je me suis souvent demandé où elle puisait pareil enthousiasme. Ni Marie-Ève ni moi n'étions tellement doués sous ce rapport. Marie-Ève toujours à imaginer les pires catastrophes. Moi m'accommodant tant bien que mal de mon penchant fataliste, de mon égoïsme.

Sylvie a raison, il faudrait que je me décide à vendre cette maison. Puisque je suis incapable de l'entretenir. Je la laisse aller à vau-l'eau. Sylvie a refusé un troisième kir. Puisqu'elle prenait le volant. La belle affaire! À l'époque, on n'avait pas les mêmes précautions. Combien de fois n'ai-je pas conduit alors que j'étais passablement éméché? Je n'ai plus d'auto depuis longtemps. Trop compliqué. Et puis, il y a l'état de mes yeux. La nuit venue, je vois mal de loin. Et distrait. Je suis nul.

Le claquement d'une portière d'auto. Sylvie, déjà? À moins que ce ne soit Raymond. C'est elle. Je vais l'aider à sortir les sacs du coffre. Pourtant non, il faudrait passer ma canadienne. Pas le goût. Qu'elle fasse la bonne Samaritaine jusqu'au bout. J'espère qu'elle n'a pas exagéré. La porte s'ouvre. Sylvie m'aperçoit.

— Non, laisse. J'ai presque rien. Dis-moi plutôt où tu souhaites que je range les choses.

J'accepte sans trop me faire prier. Ce que je suis devenu paresseux! Elle sort du premier sac six boîtes de kleenex. Mais pourquoi? Je n'ai pas le rhume de cerveau, parbleu! Une promotion, m'explique-t-elle, elle a le sens pratique, ma fille. Bien sûr, je ne dis rien. Elle n'arrête pas, s'active, tout est bientôt rangé. Elle repart, revient aussi vite avec deux autres sacs remplis à ras bord. Du yaourt, du fromage, des œufs, du lait. Je l'aiderais bien, elle est trop rapide pour moi.

— Il ne reste que deux sacs, dit-elle.

— Mais tu as vidé le magasin, ma parole!

— Tu n'avais plus rien. En attendant, prépare ton chèque.

Elle me tend un coupon de caisse. Je m'attends à forte somme. Je suis étonné. De toute manière, ça n'a pas d'importance. Je mourrai à l'abri. Ce qui ne m'empêche pas d'avoir des réflexes de pauvre. Sylvie vient de refermer le coffre de sa voiture. Elle ne perd pas de temps, réapparaît. Ses sacs sont lourds, elle vient bien près d'en laisser échapper un. J'aperçois un pot de mayonnaise qui tombera peut-être, je le happe miraculeusement.

— Quels réflexes! Tu m'as sauvé la vie. Je n'aurais pas dû prendre ces deux sacs à la fois. Ne reste pas dans la porte, il fait froid.

J'obéis sans rouspéter. Elle s'empare de ses deux sacs, se dirige vers la cuisine. Le lave-vaisselle est maintenant silencieux. Elle range les pâtes. Trop de spaghetti, je ne mange plus que des pennes. Un vieux devant un plat de spaghetti, quel spectacle dégoûtant! Elle a oublié d'acheter du sel. Bien sûr, je me tais. Mais le chèque, j'allais l'oublier. Sur le guéridon, à deux pas, il y a un chéquier. Il en traîne quelques-uns un peu partout. Je n'aime pas faire attendre les livreurs. Madame Lussier encore moins. Déjà qu'elle est mal à l'aise si, prête à partir, elle s'aperçoit que je ne lui ai pas remis son dû. Le chèque, je le fais à quel montant? Cent trente-sept dollars. Je vais arrondir. Comme à l'époque où elle avait quatorze ans et qu'elle me réclamait des sous pour s'acheter un disque. Je la revois parfois, moi, le parfait nombriliste, me demandant l'air inquiet si elle était aussi belle que sa sœur. Elle ne l'était pas tout à fait, je m'en sortais en avançant que le charme ne se mesure pas et qu'il est distribué selon des critères changeants. Ainsi tombons-nous amoureux de personnes que d'autres trouveraient indifférentes. Que valait mon explication ? Sylvie paraissait s'en contenter. Il était évident pour moi que Johanne attirerait toujours les hommes alors que Sylvie pourrait au mieux plaire à quelques-uns d'entre eux.

Elle plie le chèque, le fait disparaître dans son sac à main. Elle constate qu'il est près de quinze heures et demie et qu'elle doit rentrer. A-t-elle donc si hâte de retrouver Marc ? C'est vrai, il y a les enfants. Elle doit prendre Daniel au centre sportif. Mais avec les couples, on ne sait jamais. Marie-Ève était devenue carrément invivable les dernières années de notre vie commune, pourtant je ne suis pas parti. Je ne suis même pas sûr que si Monique avait été disponible, j'aurais souhaité rompre avec ma femme. Tout se passait pour moi comme si Monique était avant tout associée aux Éditions du Peuplier. Elle était la complice idéale. Elle adorait les écrivains, avait pour eux une adulation surprenante. Il fallait la voir accueillir les plus médiocres d'entre eux, les bichonner, s'enquérir de leurs projets, aller au devant de leurs moindres caprices. Vivant avec elle, j'aurais probablement continué à écrire. Elle m'aurait stimulé, m'aurait même sanctionné au moindre relâchement. Alors que pour Marie-Ève, au bout de quelques années, mon écriture n'était qu'un passe-temps comme un autre. Monique s'offrait pour taper mes textes, révisait scrupuleusement les épreuves de mes romans, preste à dénicher les fautes d'impression, les incorrections de tous ordres. J'aurais peut-être continué, mais pourquoi ? J'aurais probablement ajouté des livres plus inutiles encore que leurs prédécesseurs.

— Tu fais toujours ta sieste tous les après-midi ?

Je ne peux tout de même pas lui répondre que je ne fais que cela, m'assoupir. Au moins trois siestes par jour.

— Ça m'arrive, oui.

— Si je n'étais pas venue, tu te serais couché ?

— Probablement. Quoique aujourd'hui, c'est une journée spéciale. Raymond va venir tout à l'heure. Ta sœur, un peu plus tard. Alain n'a pas encore téléphoné, mais il ne devrait pas tarder.

Je ne veux pas donner l'impression de me plaindre. Je suis seul parce que je l'ai bien voulu. Encore que je me demande souvent quelle femme voudrait de moi. Il n'est pas d'ailleurs toujours triste d'être seul. J'ai de bons moments. La vie continue de s'écouler. Je ne m'étonne même plus de la perdre à une vitesse vertigineuse. Sylvie a dû s'apercevoir que je suis égaré dans mes songeries, elle adopte un ton protecteur qui m'énerve pour dire :

— Papa, tu ne penses pas que tu ne devrais pas vivre seul ? Tu te laisses aller. Ton pantalon, regarde, il est taché. Tu veux que je jette un coup d'œil à ta garde-robe ?

Je refuse tout net. Marc repasse lui-même ses chemises. S'en est-il suffisamment vanté devant moi ! Je suis différent, voilà tout, d'une autre génération, très peu précautionneux et heureux au fond d'être ainsi.

— C'est gentil d'être venue rendre visite à un vieil homme.
— Je t'en prie. Change de disque, papa, tu n'es pas vieux. On n'est ni vieux ni jeune, on *est* tout simplement.

Elle m'embrasse sur la joue. Pascale l'a fait aussi. On est gentil avec les vieux. Je me sens tout drôle. Un peu comme je me sentais lorsque ma mère venait me reconduire au collège où j'étais pensionnaire. Puis je me mets à penser aux boîtes de kleenex. C'est bien la peine de me défaire de tas de livres si je dois accumuler les mouchoirs jetables!

— Tu ne m'as pas parlé des enfants. Quelles nouvelles?

Elle me regarde, étonnée. Je n'ai jamais réussi à lui prouver que j'étais un grand-père convaincu. Elle a raison, je dois même faire effort pour me souvenir du prénom de ses fils.

— Rien à signaler. Ils auraient bien aimé venir avec moi, mais, je te l'ai dit, ce n'était pas possible. Ils ont leurs occupations. C'est plutôt Marc, il aurait pu se déranger. Mais enfin. Quand Alain téléphonera, tu lui diras que j'attends toujours l'agenda du Metropolitan Museum qu'il m'a promis. Le dernier qu'il m'a envoyé n'était pas terrible. Et puis déjà quatre mois de passés, son agenda me servira à quoi? Quant à Johanne, ne lui dis rien me concernant. Elle m'en veut depuis trois ou quatre mois. J'ai fait la bêtise de lui dire qu'elle s'habille comme une adolescente attardée. Salut! Ne reste pas là, tu vas prendre froid!

Elle a raison. Je frissonne déjà. Vieille chose, va! Tu n'es plus bon qu'à ressasser ton passé. Mais comment s'appellent donc ses enfants? Daniel, ça va, mais l'autre? Le petit? Alexandre, peut-être. C'est ça, Alexandre. Lequel est le cadet? Est-ce bien Daniel?

Pour la plupart des romanciers, l'amour n'est intéressant qu'à ses débuts. Il en va tout autrement chez Louis Audry. Lorsque commencent ses romans, tout s'est toujours déroulé. Suivant en cela un écrivain qu'il a beaucoup lu naguère, Jacques Chardonne, il ne se penche que sur des couples qui se brisent ou se survivent difficilement. « Le couple, écrit l'auteur des Destinées sentimentales, c'est autrui à bout portant. »

Louis Audry décrit rarement l'éclosion d'un amour. Dès son deuxième roman, il a préféré tracer le portrait d'êtres d'abord épris qui trouvent leur accomplissement dans une complicité amoureuse. Tout le mystère de la vie n'est-il pas dans cette incapacité où nous sommes de vivre seuls, accompagnée de ces moments où nous jugeons que la vie à deux est une impossibilité ?

L'amitié qui me lie à Louis Audry repose avant tout sur la pudeur. Il arrivait souvent qu'en fin d'après-midi, à son bureau des Éditions du Peuplier, il me convoque pour discuter d'un manuscrit ou d'une démarche publicitaire. Je n'oublierai jamais un lundi de fin octobre alors que le jour tombait. *Nous nous étions mis à discuter des mérites d'un jeune auteur qui venait de déposer quelques heures plus tôt les trois cents pages d'un roman à l'écriture échevelée. Tout en reconnaissant la valeur du roman, qu'il avait parcouru à la hâte, il s'en était déclaré outré. De toute évidence, le jeune homme dévoilait sans vergogne sa vie amoureuse, donnant des précisions inutiles et nettement crues. Il y avait beaucoup de complaisance dans sa manière même. Trois femmes au moins pouvaient se reconnaître dans cette confession exhibitionniste. Pour Louis Audry, on n'avait pas le droit d'être à ce point brutal. Une franchise broyant tout sur son passage n'avait pas sa raison d'être. Il citait volontiers Benjamin Constant pour appuyer sa position.*

Je me suis souvent demandé si Louis Audry n'avait pas cessé d'écrire par honnêteté. Il ne m'a jamais rien dit de tel, mais il a peut-être décidé de se taire plutôt que de blesser ses proches. Ses romans donnent de la vie une image qui est loin d'être rose. On chercherait en vain dans ses romans des intrigues faciles ou des personnages vainqueurs. C'est le monde de la défaite. S'il y a une force à laquelle il a cru, c'est celle des faibles. Continuer malgré les difficultés inhérentes à la condition humaine, telle est la règle que suivent ses personnages. La vie qu'il décrit est difficile, insupportable, et pourtant attirante, pourvue de toutes les séductions. De toute manière, elle se termine toujours par la déchéance inéluctable.

Pour lui, l'amour est tellement précieux qu'on n'y accède que par intermittences et pour de courts moments.

Loin de déplorer ce difficile accès à la félicité, son œuvre tout entière célèbre la grandeur de l'amour. Louis Audry a longtemps eu en tête un roman dans lequel il traiterait de la paternité. Il y faisait souvent allusion lors de nos conversations. C'est à dessein que j'emploie l'imparfait, car Louis Audry n'accepte plus de parler de ses livres. Quelques semaines à peine après la publication de son dernier roman, En attendant la mort, il a rédigé plusieurs esquisses sur ce thème. Il a tout détruit. Faut-il voir dans cet échec une autre raison de son silence ? Je le crois.

Après le départ de Sylvie, j'ai senti qu'une intense tristesse allait m'envahir. Comme la nuit précédente. Avec moi, c'est toujours ainsi que les choses se passent. Je peux m'isoler pendant des jours sans en ressentir le moindre ennui. Il suffit qu'on me quitte pour que j'aie l'impression d'un abandon. Une excuse pour me verser un autre verre de sancerre. Non que le vin puisse me faire oublier quoi que ce soit. Je ne me raconte plus ce genre de fariboles. Mon médecin n'en saura rien. Le docteur Poirier m'a déjà mis au régime, j'ai perdu cinq kilos depuis un an, je flotte dans mon pantalon, mes vestes sont trop amples. Marie-Ève serait enchantée de me voir, elle qui me narguait au sujet de mon tour de taille. Si je me suis servi un autre verre, c'est par nervosité. Il est près de seize heures et j'attends encore l'appel d'Alain. Habituellement, il téléphone après le déjeuner. La sonnerie s'est fait entendre tout à l'heure, c'était un faux numéro. En me levant de mon fauteuil, je me suis heurté le gros orteil contre le pied de la table sur laquelle repose l'appareil. J'ai juré. Plus fort que moi. Et l'autre au bout du fil qui ne s'excusait même pas. Quel monde d'abrutis! Il est peut-être temps que je l'abandonne. Raymond n'y est pas du tout. Je n'ai jamais longtemps été tenté par le thème de la paternité. Trop proche de moi. Je n'allais tout de même pas écrire un roman pour m'excuser d'avoir succombé à la tentation d'être père. J'ai toujours été du côté des fils. L'ai-je assez martelé dans *En attendant la mort*? Ce qui ne veut pas dire que je n'ai pas chéri mes enfants. Bien au contraire. Vite coupable devant eux. Cherchant à m'en faire accepter. Maladroitement, souvent. Est-ce que je les aime à égalité? Je le voudrais bien, mais ce serait mentir. J'ai un faible pour mes deux filles. Alain s'en est rendu compte, j'en mettrais ma main au feu. J'ai toujours été réservé dans mes attitudes, mais il s'est aperçu sans aucun doute que seules mes filles m'émouvaient. Il fallait me deviner, j'avais la dérobade facile. Chez nous, de toute manière, c'est Marie-Ève qui donnait le ton. Elle était parfois d'une froideur qui interdisait la moindre familiarité. J'aimais bien cajoler les enfants, les faire rire quand je n'avais pas la tête ailleurs. Pendant les quelques jours que j'ai passés avec lui à New York, Alain m'a presque avoué qu'il avait souffert de mes absences. Toutes les absences. Il m'arrivait d'aller à Paris ou à Francfort, d'abandonner la famille pour une semaine ou deux. Quand je revenais, il y avait au bureau un surcroît de travail, je n'étais pas tellement disponible. Il y avait aussi les jours où je n'étais tout simplement pas à l'écoute. Mais devient-on jamais le confident de son fils? Si Alain l'a cru, il se trompait. Il a été victime d'un bobard qui a cours dans notre monde. Il n'est pas vrai qu'un fils et un père soient de la même famille. Ce sont des étrangers. Alain était devant moi, à la table d'un restaurant de Greenwich, il ne tentait pas de me culpabiliser, il ne faisait que relater des souvenirs, des impressions qu'il avait eues à l'adolescence. Nous parlions à voix basse. Un beau souvenir. Malgré tout, mon fils ne m'en voulait pas.

La sonnerie du téléphone. Cette fois, je suis tout à côté. Je reconnais sa voix. La mienne à peu de différence près. Son débit est peut-être plus lent.

— Je t'appelle un peu tard. Je ne t'ai pas réveillé au moins?

— Bien sûr que non.

Me prend-il pour un grabataire? Pourvu que le vin n'ait pas affecté ma diction. Je ne voudrais pas pour tout l'or du monde qu'il s'aperçoive que j'ai bu. Alain est exubérant. Pas son habitude.

— J'ai une importante nouvelle à t'apprendre. Aussi bien te le dire tout de suite, je me marie.

Je ne le savais même pas amoureux. Cinq mois depuis qu'il a rencontré sa Cassandra. Il prononce le prénom à l'anglaise. À l'américaine, plutôt. Ça me fait un drôle d'effet. Elle a trente-six ans. Divorcée. Elle est dentiste. Elle s'entendra bien avec Sylvie, voilà ce que je trouve bon d'ajouter. Il rit. Elle a son cabinet dans l'East Side, c'est là qu'il l'a connue. Il me semble le voir s'avancer vers elle la première fois. Elle est vêtue de blanc, il bafouille. A-t-il rempli la fiche qui établit son état de santé ? *A French name, of course ?* Ouvrez grand. Elle est petite, cheveux noirs, des yeux verts. Souriante. Un sourire de commande, puis une douceur qui ne paraît pas feinte. Elle a une fille. Cinq ans.

— C'est pour quand ?

À vrai dire, ça ne m'intéresse pas tellement. La date, j'entends, puisqu'il n'est pas question que j'aille à New York. Mon hypertension m'empêche de prendre l'avion. La belle excuse, puisque je veux toujours me rendre à Washington pour le Georges de La Tour. La vraie raison est que je déteste les cérémonies. Les mariages autant que les funérailles et les remises de prix.

— Le mois prochain. Le 28.

La même date que nous. Marie-Ève avait choisi le 28 mai. Quel genre de mariage ? À l'église ?

Il me répond que non. Sa Cassandra est juive non pratiquante. Je me demande pourquoi je lui ai posé cette question. Qu'il se marie devant un rabbin à Tel-Aviv ou devant un clergyman, peu me chaut. Ce qui importe, c'est qu'il paraisse transformé. Il exulte. Ils vont emménager dans un appartement plus grand non loin de Central Park. Une aubaine, à l'entendre. Cassandra en a les moyens. D'autant plus que c'est un cadeau de son oncle Ira, cet appartement de la 80e Rue. Elle peut se permettre tout ça, elle compte des célébrités parmi ses clients, des gens du spectacle. Il me cite des noms d'inconnus. Évidemment, ce n'est pas avec son traitement de fonctionnaire qu'il pourrait mener ce train de vie. Je n'avais pas le sou quand j'ai rencontré sa mère, je n'ai rien à lui reprocher sur le sujet.

— Et toi ?

Je réponds que, comme le zigue qui tombe du centième étage et qui se fait demander à la hauteur du quarantième si tout va bien, tout baigne pour l'instant. Je me dépêche d'ajouter que ma santé est excellente. Pas le moment de jouer à l'éteignoir. Tant mieux si mon fils est heureux. Il le sera au moins pendant quelques mois, quelques années peut-être. Après, il verra. Qu'il en profite ! Je pense à Raymond qui me bassinait avec son Élyane. C'est bien son prénom ? Ma mémoire, ma mémoire ! Ça n'a pas d'importance. Je connais au moins deux anciens collègues qui croupissent dans des centres hospitaliers de longue durée, qui n'ont plus connaissance de rien. Il est amoureux, mon fils. Sylvie ne l'est plus, Johanne, je ne sais pas au juste où elle en est. Chez les Audry, on s'affaire, on se débrouille comme on peut avec l'amour. Moi, aucun intérêt, tout est joué.

— Ta santé ?

Qu'est-ce qu'ils ont tous ? Mais comment les blâmer ? Que peut-on demander d'autre à un homme qui a la mauvaise idée de se rendre jusqu'à soixante-quinze ans ?

— Je me fatigue de plus en plus facilement. Pour le reste, rien de bien nouveau.

— Tu ne passes tout de même pas tes journées enfermé ?

Je mens, je dis que je fais ma petite promenade

tous les jours. Même quand il neige. Parfois, c'est un peu périlleux à cause de l'état des trottoirs. Il sait que je ne sors pratiquement jamais, mais il n'insiste pas.

— Elle parle le français, ta fiancée ?

— Pas encore, mais elle veut l'apprendre. Pour lire tes livres justement.

— Dis-lui de se trouver une autre motivation.

Montréal, elle connaît ? Ses parents l'ont emmenée à l'Exposition universelle en 1967. A-t-elle voyagé un peu ? Elle n'est jamais sortie des États-Unis depuis. Elle vote démocrate. Il affirme qu'il n'aurait jamais pu aimer une républicaine. Je ne commente pas. Mauvais signe quand même que sa Cassandra soit si peu désireuse de connaître autre chose que son pays de demeurés. Évidemment, elle habite New York, ce n'est pas le Texas ou le Wisconsin. De toute manière, elle ne peut pas être plus désagréable que la première femme qu'il a épousée. Carole avait tout pour me déplaire. Elle le menait au doigt et à l'œil. Il l'a supportée trois mois. C'est beaucoup. Il me semble l'entendre prononcer le nom d'Ingres comme s'il s'agissait d'un peintre espagnol. « Ingresse », disait-elle. Je la détestais. Ce n'était pas le cas de Marie-Ève qui a tout fait pour les réunir à nouveau.

— Nous t'invitons au mariage, tu viendras ? Cassandra voudrait tellement te connaître. New York, ce n'est qu'à une heure d'avion après tout.

Je me sens menacé. Je ne souhaite pas quitter cette maison. Les États-Unis ne me tentent plus. Rencontrer des inconnus qui ne parlent même pas ma langue, encore moins. Que trouverais-je à dire à ses beaux-parents? Que leur fille est splendide, que mon fils a été un brillant élève, qu'il a raflé tous les honneurs à l'université? Je n'ai pas du tout le goût des mondanités. Vanter mes enfants, j'aime bien. Mais en anglais, je ne sais vraiment pas. Pas l'affaire de ces richards. Quel est le nom de cette Cassandra? Alain me l'a-t-il appris? J'oublie tout. Je sais pourtant comment on se sent quand on est amoureux. Alain pense-t-il à sa Cassandra sans cesse, recherche-t-il dans la rue les femmes qui lui ressemblent? Serait-il prêt à mourir pour lui épargner un désagrément, est-il ce genre d'homme? Je l'ignore. Cette conception de l'amour a-t-elle encore une signification aujourd'hui? Le monde a tellement changé. Autour de moi, les couples se font et se défont. Je n'ai jamais songé à divorcer de Marie-Ève. Même dans les pires moments. J'ai tout fait pour les enfouir, ceux-là. Quand je songe à elle, il n'y a plus que des souvenirs heureux qui affluent à ma mémoire. Les jours de torture, je ne veux plus les revivre. La souffrance est toujours inutile. Même pour les livres qu'on parvient à en tirer.

— Comme tu veux. Je n'insiste pas. Tu es têtu comme une mule, mon cher père.

Et ses sœurs, comment vont-elles? Je réponds que Sylvie vient de partir. Pas question de lui apprendre qu'elle en a souvent assez de Marc. De toute manière, il le sait. Ils s'appellent régulièrement. Johanne? Elle doit traverser actuellement une autre période difficile. Il s'en doute. Il veut les convier à son mariage, elles aussi. Johanne, est-ce que je crois qu'il devrait l'inviter ? Seule ou avec son pianiste ? Les questions fusent. Je réponds de mon mieux. Alain comprendrait mal que je ne paraisse pas collaborer. Toute ma vie, je me suis dérobé. Pour le temps qui me reste, je veux être attentif. À l'époque de mon deuxième roman, j'ai cru que l'écriture requérait toute mon attention. J'estimais que j'édifiais une œuvre. Quelle prétention ! Elle est gigantesque, mon œuvre, cinq romans mincets, tout à fait oubliés. Et que je me déprécie ! Et que je me ravale au rang des incapables ! Pour cela, je n'ai pas mon pareil. Je fais trop facilement l'impasse sur le plaisir que j'ai eu parfois à écrire, sur cette joie à nulle autre pareille que l'amour ne m'a jamais apportée pour bien longtemps.

— Tu fais comme tu veux. Sylvie serait enchantée. Pourra-t-elle se libérer, c'est une autre affaire. Quant à Johanne, on ne sait jamais. Je te fais confiance, tu t'es toujours bien débrouillé.

Je ressens soudainement une vive douleur à la naissance du dos. Qu'est-ce que j'avais dans la tête ? Rester debout si longtemps. Je tire une chaise. Alain entend le bruit sur le carrelage, me demande ce qui se passe. Je dis que ce n'est rien. Je ne veux surtout pas qu'il me questionne plus longuement sur ma santé.

— Tu l'aimeras, Cassandra, j'en suis sûr. Elle est tout à fait ton genre. Spirituelle, enjouée, très intelligente. Tu sais ce qu'elle m'a offert pour mon anniversaire ? Un bronze, un guerrier africain avec un pénis gros comme ses jambes. Elle l'a payé un prix fou. Elle est comme ça. Elle m'apporte tellement de bonheur. Évidemment, nous t'enverrons un faire-part. Et nous souhaitons que tu changes d'idée. En passant, il n'est pas impossible que je sois nommé à Rome. Tu te rends compte, la ville que j'aime le plus au monde. Cassandra en serait ravie. Elle pourrait se permettre de prendre congé de son cabinet pour quelques années. Elle a un atelier dans Soho, elle peint des natures mortes, alors Rome, pour elle, tu comprends.

J'entends une voix de femme. Nasillarde. On s'impatiente. Serait-ce déjà Cassandra qui s'interpose entre nous? Qu'est-ce qui lui prend à celle-là?

— Il faut que je te laisse. Nous avons rendez-vous chez un traiteur. Le meilleur du quartier. Pour la cérémonie, tu comprends. Repose-toi bien et songe à notre invitation.

J'y songerai, c'est évident, je ne ferai que cela, ruminer, mais de là à répondre favorablement! Alain est peut-être en train de commettre une autre bêtise. Cette Cassandra doit le vampiriser. Rome, c'est bien beau, mais Cassandra finira par s'ennuyer de son cabinet et par trouver que les Italiens de Rome ne ressemblent en rien à ceux dont elle soigne la dentition. Je m'aperçois que des macules brunes tachent maintenant mes poignets. Quelques-unes à peine. Quelle misère!

Les fins d'après-midi sont de moins en moins supportables pour Louis. Il n'a trouvé qu'une seule solution à cet état de choses, la sieste. Bientôt, il le craint un peu tout de même, ses journées seront constituées de longs moments d'assoupissement entrecoupés de courts intervalles de vie éveillée. Tous les jours, vers dix-sept heures, il s'allonge sur le sofa qui se trouve dans sa bibliothèque, prend un livre au hasard, le feuillette à peine, le dépose sur son ventre, rêvasse un peu avant de sombrer dans un lourd sommeil. Il n'en ressort qu'au bout d'un peu plus d'une demi-heure, prêt à entreprendre l'étape qui le mènera au sommeil nocturne. Ses soirées, comment les occupe-t-il ? Il écoute la retransmission d'un concert à la radio. Si l'œuvre au programme ne lui convient pas — il ne supporte pas les symphonies romantiques —, il place un CD dans son lecteur. La plupart du temps, un Lipatti. Le pianiste préféré de Monique.

    Pour l'heure, dormir un peu. Il lit trois pages du *Passe-temps* de Léautaud. La première l'accroche, les deux autres lui paraissent futiles. Jadis, il aurait tout donné pour le *Journal*. Aux jeunes écrivains qu'il recevait à son bureau des Éditions du Peuplier, il recommandait de lire Léautaud et Montesquieu. À son avis, ces deux auteurs écrivaient avec naturel, sans fioritures, sans recours aux effets. Il ne fallait pas chercher ailleurs des modèles. En ce 30 avril 2000, même la prose du vieil ermite lui paraît affectée par endroits. Sa vision du monde est trop limitée, il ne va pas au-delà d'un cercle de préoccupations très circonscrit.

Louis aurait aimé être l'auteur d'un livre, d'un seul qui aurait livré le témoignage de l'homme qu'il a cru être. Un roman ou un écrit intime qui aurait à la fois la luminosité et le mystère d'un tableau de Georges de La Tour. Qu'a-t-il proposé après tant d'années d'efforts soutenus ? Cinq romans dont il n'a certes pas à rougir, mais qui dans leur imperfection rendent compte de l'inconstance de sa vie. Il est trop réaliste pour s'imaginer qu'une vie ou qu'une œuvre peuvent être réussies. L'homme a été créé pour l'imperfection. Il croit aimer, il s'aperçoit vers la fin qu'au mieux il a recherché une façon de faire partager sa solitude coûte que coûte. *Quelqu'un pour m'écouter*, titre admirable d'un roman de Réal Benoît. Louis aurait bien voulu publier cet auteur, mais ils s'étaient brouillés au moment même où la chose avait paru possible.

Avoir réussi une seule page qui donne au lecteur l'impression d'accueillir une grâce infinie, une révélation approchant celle qu'il obtiendrait à contempler la lumière émanant d'une simple bougie dans une toile de Georges de La Tour. Louis croit qu'il n'est pas parvenu à éclairer ses romans comme il l'aurait souhaité. Il a aussi failli à sa tâche qui était de ménager dans ses écrits des zones d'ombre. Certains commentateurs ont jadis prétendu les avoir trouvés, ces instants de grâce, mais il connaît l'étendue de ses limites. Il sait qu'au début de son entreprise il cherchait des lecteurs qui l'écouteraient, qui vibreraient aux mots mêmes qu'il avait écrits dans de rares moments privilégiés. Quand il a perdu la foi, quand il a su que Marie-Ève lui échappait pour de bon, tout a été terminé. Il ne lui restait plus que les écrits des autres. Même l'édition, à partir de ce moment-là, il y a douze ou treize ans déjà, n'a plus eu le même attrait. N'écrivant plus pour s'agripper à un espoir, ne tendant plus à plaire à des sensibilités proches de la sienne, il s'était retiré.

En attendant la mort, son dernier roman, raconte la solitude inhérente à l'homme. On n'entre dans ce livre qu'avec difficulté. Toute volonté de communion en est absente. Il est normal, croit Louis, que son désir d'écrire se soit éteint. Tout égoïste qu'il avait été pendant les nombreuses années où il avait cru à son destin d'écrivain, il n'avait jamais ignoré l'abnégation qu'il avait exigée de Marie-Ève. Elle avait souffert du pacte conjugal mitigé qu'il lui imposait. On ne vit pas impunément avec un écrivain. Surtout si ce dernier n'est pas fait à proprement parler pour la vie de couple. Ni pour le célibat. Ni pour une existence axée sur l'exacerbation des sens. Mais pourquoi donc s'est-il arrêté d'écrire à la fin ? Louis ne le saura jamais. C'est à des

Raymond Boujut qu'il appartient d'interpréter son silence. Qu'ils avancent n'importe quelle raison, estime Louis, elle sera tout aussi fausse ou tout aussi vraie que celle qu'il pourrait fournir lui-même.

Louis a connu le monde de l'édition et l'a adoré. Il en a été marqué à tout jamais. Il aimait la vulnérabilité de ses auteurs. Ils lui rappelaient tout à la fois son outrecuidance et sa fragilité. De là un désir de les épauler, de panser leurs plaies. Même les plus vaniteux avaient leurs zones de faiblesse. Il les découvrait aisément.

Cette fois, il ne réussira pas à s'endormir. Pour la troisième fois depuis une heure, il se demande pourquoi il a choisi de rester à la maison aujourd'hui. Il aurait pu tout aussi bien fêter son soixante-quinzième anniversaire à l'étranger. Il n'a pas voyagé depuis longtemps, mais n'est-ce pas justement une raison pour partir ? Hypertension ou non. Il se trouverait bien quelqu'un dans l'avion pour le soigner. Sinon, tant pis. Renouer avec Paris par exemple. Aller en Normandie, voir enfin à Honfleur le village de pêcheurs que tant de peintres ont célébré et le monumental pont à haubans dont Raymond ne cesse de lui parler. Ou se rendre à New York où il finirait par voir sa future belle-fille. Au lieu de cela, il attend le sommeil qui ne vient pas, lui qui se vante de dormir à volonté. Pourquoi s'est-il creusé les méninges une fois de plus à propos de son destin d'écrivain alors qu'il a depuis longtemps enterré cette affaire ? Il y a aussi Johanne. Pourquoi a-t-elle été si floue au téléphone ? « Je passerai te voir dans la journée, non, plutôt ce soir. » Elle sait pourtant qu'il déteste l'imprécision. Comme si son agenda était chargé à la minute près. Que lui annoncera-t-elle aujourd'hui ? Avec elle, il convient de craindre le pire. Pourvu qu'elle ne soit pas enceinte de nouveau. Ça se termine toujours par un avortement. Son troisième déjà. S'est-elle libérée de son vaurien de pianiste ? A-t-elle encore maigri ? À combien d'inutiles cures d'amaigrissement ne s'est-elle pas soumise autour de la vingtaine ! Depuis, c'est l'anorexie qui la guette. Il repense à Sylvie. Il aurait pu se montrer plus affectueux, s'intéresser davantage à son désarroi, s'informer de ses enfants.

Il y a aussi Raymond. Il viendra, c'est sûr, mais pourquoi tarde-t-il ? Est-ce à cause d'Élyane ? S'est-elle découvert un autre malaise ? Qu'il arrive au plus tôt. Il lui dira sans tarder que son texte est lumineux, que jamais il n'a lu au sujet de ses romans une analyse aussi pénétrante. Et puis non, il se taira. Histoire de le titiller un peu. Puis, au bout d'une minute ou deux, il lui donnera son satisfecit. S'il refaisait la revue des critiques et des recensions qu'ont suscitées en leur temps ses cinq romans, il arriverait à un résultat nettement plus désolant. Que de sottises à ses yeux, que d'approximations hâtives, très souvent inspirées par la quatrième de couverture, on a rédigées à leur sujet. Pour continuer d'édifier ce que Raymond appelle « son œuvre », il a dû passer outre aux commentaires qui l'ont accompagnée. À part quelques exceptions, certaines remarquables à son sens, du vent. Il a consolé bon nombre d'auteurs s'estimant à tort ou à raison victimes d'injustice, il savait de quoi tout cela retourne. Qu'a-t-il trouvé à dire aux écrivains outrés ou blessés qu'il rencontrait ? Des riens, des balivernes, leur rappelant par exemple que l'auteur de l'article vengeur n'était qu'un lascar qui aurait été plus heureux de toute manière si on lui avait demandé de rendre compte d'un concert rock. Ou que leur tyranneau était un alcoolique mal sevré. Ou encore que la journaliste qui les avait malmenés en voulait aux hommes en général depuis qu'elle avait été larguée par son dernier amant. Il ne fallait pas attacher la moindre importance à cette rumeur-là. Continuer, continuer contre vents et marées, ne rien attendre que le murmure malfaisant qui leur faisait cortège. Combien de fois ne s'est-il pas servi à lui-même ces mêmes explications ? Les auteurs de sa maison n'étaient pas souvent convaincus, puisqu'ils résistaient mal au désir de passer chez des éditeurs plus puissants. Peut-être ont-ils cru que l'homme vieillissant qui leur tenait ce langage ne voulait que temporiser. Ils rugissaient, ils n'avaient pas le temps de patienter, n'ayant pas encore connu un nombre suffisant d'échecs. Ils ignoraient les vertus de la résignation.

 Louis ne fréquente plus les lancements depuis longtemps. Ce n'est pas une partie de son ancien travail qui lui manque. S'il a organisé jadis des cinq à sept, c'est par obligation. Il était fréquent à l'époque de le faire. Ceux des Éditions du Jour étaient très courus. Il n'était jamais tout à fait à l'aise dans ce genre de réunions où il convient qu'on aille d'un groupe à un autre, qu'on serre des mains et qu'on embrasse à la ronde à la façon d'un politicien en campagne. À part quelques rencontres féminines qui n'aboutissaient jamais à des aventures, à cause du peu de désir qu'il éprouvait de se compliquer la vie, à cause aussi de la présence occasionnelle de Marie-Ève, il ne ressentait la plupart du temps qu'un vaste ennui lors de ces cocktails. Les inévitables pique-assiettes, les critiques parfois hargneux, parfois condescendants, les insignifiants de tout poil, il ne voyait qu'eux à certains moments. Les autres, les amis des livres, les indifférents, les connaissances, il les oubliait.

La retraite l'a délivré de ces pensums. Il ne souffre pas de vivre dans l'ombre. De temps à autre, on évoque son nom. C'est surtout à titre d'éditeur qu'on se souvient de lui. Deux fois on a voulu, ces dernières années, lui décerner un prix. Il s'agissait vaguement de saluer sa « contribution à l'édition québécoise », il n'a pas voulu se déplacer pour accepter la récompense. On a dû lui en vouloir. Il l'ignore. Rectifier les faussetés ou les approximations qu'on avance à son sujet, il n'en est pas question. Depuis un an, il ne reçoit plus les étudiants qui sollicitent des entrevues. Qu'ils se débrouillent sans lui ! Il a même détruit tous les documents et la correspondance relatifs aux Éditions du Peuplier. Raymond en a été scandalisé. Tout faire disparaître, rendre une copie vierge en partant de ce monde, tel est son projet. Il a appris, il y a peu, que Beckett, à la fin de sa vie, se départissait lui aussi de ses livres. « Pour une fois, se dit-il, j'ai un comportement de grand écrivain ! »

Il va sombrer dans le sommeil lorsque la sonnerie du téléphone retentit. Il se lève trop brusquement, vient bien près de perdre l'équilibre, se ressaisit, se dirige vers le corridor. À la sixième sonnerie, il saisit l'appareil. C'est Raymond. Dans cinq minutes, il sera là.

— Tu veux que je t'apporte quelque chose ?

— Mais non. Je ne manque de rien. Et puis, cesse de me parler comme si j'étais un débile. Tu n'as pas à me protéger. Même mes enfants n'agissent pas de la sorte avec moi.

— Excuse-moi, je ne voulais pas t'indisposer. C'est à cause d'Élyane…

Louis maugrée pour la forme, se racle la gorge bruyamment avant d'éclater d'un rire sonore. Il l'a bien eu ! Raymond est un timoré. Il ne cessera donc jamais de se conduire en petit employé ? Aux Éditions, ce qu'il pouvait être servile, toujours le premier à s'offrir pour les tâches ingrates. Il aurait volontiers repeint les murs si Louis le lui avait demandé.

— Allez, dépêche-toi, je t'attends. Tu as dit cinq minutes, je t'en donne dix, pas plus. Sinon, je ne t'ouvre pas. Tu as compris, je ne t'ouvre pas.

— Tu sais la nouvelle ? demande Raymond.

Louis a déjà raccroché.

Pourquoi un écrivain choisit-il de se taire ? Est-ce une décision qu'il prend ou se résigne-t-il tout simplement ? Louis Audry a tout donné à l'écriture. J'imagine aisément qu'il n'est pas d'accord avec cette affirmation. Par rapport à cette activité, à cause de je ne sais quelle pudeur, il a toujours eu des attitudes dictées par l'ironie. Pour lui, l'écrivain est avant tout un prédateur. C'est en analysant son comportement qu'il en est arrivé à cette conclusion. Qu'on ne lui parle surtout pas de sacrifices consentis en vue de l'œuvre à édifier. L'exemple d'un écrivain qu'il aime par-dessus tout, Gustave Flaubert, ne lui sert de rien. Il m'a souvent dit que l'écriture a été pour lui l'expérience de la jubilation, une joie que la vie elle-même lui a rarement procurée. Partant de là, j'ose avancer que s'il a cessé d'écrire, c'est que cette activité ne l'amusait plus.

    Pour nous, lecteurs admiratifs, restent des livres. Cinq romans, quelques nouvelles disséminées dans des revues, des chroniques fournies à des magazines. L'œuvre n'est pas abondante, mais elle est riche. Ce que des auteurs prolixes ont choisi de distribuer dans une trentaine de romans, Louis Audry l'a décrit succinctement dans quelque mille pages. L'édition que vous tenez entre vos mains n'a donc pour but que de vous faire connaître un univers singulier fait d'observations sur la nature humaine.

Peu d'œuvres contemporaines, au Québec comme ailleurs, nous offrent une telle densité d'écriture, une telle tessiture à la fois fine et d'une rare intensité. Lire Louis Audry équivaut à consentir à faire sien un monde dans lequel l'angoisse toujours présente s'accommode de violence douce. Louis Audry est un familier de l'oxymoron. Rien chez lui n'est d'une pièce, il est l'auteur de la nuance, un écrivain dont les caractéristiques sont toujours tamisées par leur contraire.

À l'heure où commence le XXIe siècle, perdus que nous sommes dans un monde dont nous comprenons mal les enjeux, les livres de Louis Audry apparaissent comme autant de garde-fous contre les dérives de la condition humaine.

III

LE SOIR

Beaucoup d'années, si peu d'années et nous autres sans aucun poids, quand le poids du malheur pèse tant.

PHILIPPE JACCOTTET, *Cahier de verdure*

Je pense rarement à mon enfance. Cette période de ma vie s'éloigne sans que j'en éprouve la moindre nostalgie. J'ai pourtant conservé des réflexes d'enfant. Quand j'ai entendu tout à l'heure la voix de Raymond, je me suis senti soulagé. Comme si j'avais craint qu'il ne tienne pas sa promesse. Je sens parfois le désir d'être pris en charge. Pas pour très longtemps, mais il n'empêche. Mon désir d'indépendance prend vite le dessus. Inconsciemment je souhaite revenir aux jours de la première enfance pendant lesquels ma mère devait bien me promener en landau. La parfaite insouciance d'alors, le bonheur primitif. Raymond, je l'aime bien, je ne vois que lui, mais je ne lui demanderais jamais de prendre ma destinée en mains. Il a cinquante-cinq ans de toute manière, déjà sur la pente descendante. À qui alors pourrais-je m'adresser ? Mes enfants ne sont pas tellement en mesure de m'aider. Alain si loin, mes deux filles se débrouillent comme elles peuvent avec la vie. L'amitié ne fait plus partie de mon univers. Sauf Raymond, évidemment. Il sera présent jusqu'à la fin, serviable, voire dévoué. Mais l'amitié, c'est autre chose. Je dois avoir dépassé l'âge où elle apparaît comme importante. Il y a bien trois personnes dans ma vie à qui j'ai presque tout dit. Marie-Ève pour commencer, Monique, puis un ami, un vrai, Laurent Lemire. Quand je songe à l'amitié, c'est à ce dernier que je me réfère. Je l'ai beaucoup vu pendant une vingtaine d'années, puis crac! Je n'ai plus ressenti le besoin de le fréquenter. Aux dernières nouvelles, il buvait son scotch quelque part dans l'Estrie. Il a été une vedette à la télévision, chef d'antenne comme ils disent dans ces milieux, romancier de talent. Il est mon aîné de quatre ou cinq ans, lui non plus n'écrit pas. Je pense souvent à lui donner signe de vie, mais je m'abstiens. Que trouverais-je à lui dire? Ressasser nos histoires du passé comme aiment à le faire les vieux, nous n'y croirions pas. Alors, je reste dans mon coin à maugréer.

Il faudra donc que je m'occupe seul de meubler ce qu'il me reste de vie. Monique, j'ai tout fait pour qu'elle me soit inaccessible. J'ai cessé de la voir sans raison valable. Elle avait toujours quelqu'un dans sa vie, Marie-Ève s'était éclipsée. J'acceptais mal que Monique ne soit pas désemparée. Il me semblait qu'elle n'était plus à mon diapason. Le fil était rompu. Je me sens parfois de plus en plus fragile. J'ai beau fanfaronner, avoir le verbe haut devant les rares étrangers qui se risquent encore à m'affronter, à certains moments je n'en mène pas large. Quelle expression emploie madame Lussier? Je ne sais plus, ça n'a pas d'importance. Madame Lussier, je ne voudrais pas la perdre, celle-là. Trois fois par année au moins, elle m'annonce qu'elle ne se sent pas bien, que les travaux ménagers l'épuisent. Je fais tout pour l'amadouer, je demande à Raymond de lui acheter un petit cadeau. La dernière fois, c'était un châle en laine qu'il a payé un prix fou. Elle l'a à peine regardé. Notre plus grand succès, une bouteille de parfum. À soixante ans, de plus en plus coquette, voilà madame Lussier, ma plus constante interlocutrice.

De nombreux documents attestent que j'ai mon âge. Tant d'années pour arriver à ce résultat! Regardez-moi, aussi torturé qu'à vingt ans. Mes premières années n'ont pas été tellement heureuses, nettement tristes. Je sais maintenant que je n'étais pas bâti pour éprouver le sentiment du bonheur. Un psychiatre que nous avions publié, un grand échalas aux lunettes ridicules, m'a dit un jour que j'étais trop narcissique pour être heureux. C'est possible. Lui était trop idiot pour être malheureux, probablement. À trente ans, mon Louis, tu n'étais qu'un indécis qu'un rien mettait à la torture. Sans Marie-Ève que tes paniques successives ont sûrement inquiétée, que serais-tu devenu? Un avocat sans causes, une épave peut-être. Vue à distance, ta vie d'alors semble une longue convalescence. Ma maladie, c'était l'existence même. Marie-Ève était appelée à connaître un autre destin. Elle souriait sans arrêt, trouvant dans la moindre chose des raisons de s'extasier, de se réjouir. J'étais l'éteignoir. Elle aurait dû me fuir. Elle se penchait sur moi, essayait sans y parvenir de me convertir à l'idée qu'elle se faisait du bonheur. J'ai eu très tôt pour elle un sentiment proche de l'admiration. Je n'en revenais pas de recevoir tant d'amour. Puis, les livres à écrire. Je savais au fond qu'ils auraient un destin modeste, mais je voulais témoigner de mon passage sur terre. Qu'est-ce que je raconte? J'ai été rapidement imbu d'un sentiment de puissance. À cause de mes romans, croyais-je, des lecteurs accéderaient à une perception de la vie que sans moi ils n'auraient pas connue. À certains moments de grâce, je me sentais transporté. À côté de cette exaltation, la vie me paraissait bien terne. Même l'amour de Marie-Ève pâlissait en comparaison. Elle était devenue mère à trois reprises, très rapidement, en l'espace de cinq ans. Elle se transformait, continuait à veiller sur moi, mais autrement. Pour elle aussi, l'éblouissement de la découverte s'était dissipé. Elle avait été une femme splendide, des yeux d'une douceur infinie, un ovale parfait. Pourquoi a-t-il fallu que je sois si distrait? Je me souviens de journées de printemps où elle essayait de m'entraîner à l'extérieur. Nous irions en expédition à la campagne, avec les enfants. Je refusais, préférant me terrer dans mon bureau. J'écrivais. Mon premier roman, mon deuxième. J'aurais voulu lui rendre hommage en écrivant un roman sur l'amour conjugal, j'étais prêt à tous les sacrifices pour y arriver. Alors qu'il aurait suffi que je me montre plus attentif envers elle, que je cherche à être davantage à son écoute. Elle vivait et je m'imaginais qu'il était possible de décrire la vie sans la connaître. Peu à peu, elle s'est détachée. Je ne me suis aperçu de rien. Un soir pourtant, c'était pendant un lancement de mon psychiatre — il ne cessait pas d'écrire celui-là —, je me suis aperçu qu'elle était en conversation avec l'homme qu'elle devait suivre deux mois plus tard. Nous allions célébrer notre quarantième anniversaire de mariage. Célébrer ? J'exagère. Nous serions peut-être allés au restaurant.

Raymond vient de sonner pour la deuxième fois. Aurait-il oublié que je ne suis plus tellement alerte ? D'autant plus qu'il a fallu que je retrouve la pantoufle qui avait glissé sous le lit. Recouverte d'un peu de poussière. Cette maison est malpropre.

Raymond semble frigorifié. Cinq sous zéro, m'annonce-t-il. Mais qu'il entre au lieu de parler !

— Tu connais la nouvelle ? fait-il dès qu'il pénètre dans le vestibule.

Je n'ai pas allumé la radio de la journée. Raymond a l'air bouleversé. Qu'il se débarrasse de son paletot pour commencer, nous verrons après.

Il est assis devant moi, son tricot est défraîchi, probablement troué aux coudes. Il s'habille aussi mal que moi, son pull en mérinos est d'un coloris ridicule, presque citrouille strié de courants bleus. Il se croit obligé de porter une cravate vert lime. Pas réussi, son accoutrement.

— Lemire est mort. On ne parle que de ça à la télé depuis une quinzaine de minutes.

Je ne veux pas l'avouer devant Raymond, mais je suis consterné. Lemire, je songeais justement à lui tout à l'heure. Il a été mon ami dès les premières

années de l'adolescence. Il habitait alors mon quartier. C'est lui qui m'a initié à la littérature.
— Il est mort de quoi?
La question est idiote. De quoi meurt-on à soixante-dix-huit ans? Mais, de la vie. Laurent a fait carrière à la télévision. Présentateur au journal parlé pendant vingt ans, puis on l'a viré. Il ne s'en est jamais remis. Même s'il continuait de publier ses romans, il était évident que l'échec de sa carrière à la télévision l'avait marqué à tout jamais. Ces dernières années, il vivait dans sa maison face au lac Memphrémagog, recevant des amis à l'occasion de réceptions dont les journaux se faisaient parfois l'écho. De toutes les femmes qu'il a connues, une seule l'a accompagné jusqu'à la fin. Raymond sait tout cela. Il m'apprend qu'elle se prénomme Aline. Une longue femme aux yeux tristes, d'un bleu délavé, portant toujours des jupes sombres qui dessinent son corps d'ex-ballerine. Laurent a été cruel avec elle. Comme s'il lui en voulait de ne pas le laisser seul. Raymond se tait. Il est à court de détails. Les femmes qui ont gravité autour de Laurent, je les ai bien connues à une certaine époque. Il avait tendance à les choisir blondes, vives, très peu portées sur les choses de l'esprit. Les choses de l'esprit! J'en suis rendu à parler comme Raymond. Plus simplement, Laurent préférait les gourdes, les obéissantes, les souriantes, les accommodantes. Pourvu qu'elles aient de beaux seins. Les seins, sa lubie. Son cabinet de travail était tapissé de photos de nus grotesques provenant de magazines spécialisés. Il ne comprenait pas que je m'en

étonne. Peut-être croyait-il que j'étais pudibond ? Après tout, j'étais marié depuis longtemps, une anomalie pour lui.
— On ne parle même pas de ses romans, dit Raymond en se mouchant bruyamment.

Il fourre son kleenex dans sa poche, renifle, me regarde d'un drôle d'air, me demande :
— Tu ne dis rien ? Tu ne trouves pas que c'est injuste ?

Je réponds que je n'ai pas d'idée définie sur le sujet. Après tout, me semble-t-il, on écrit pour soi surtout, un peu aussi pour des gens qui ne nous ont rien demandé, on attend des louanges qui viendront peut-être et qui ne nous satisferont au mieux qu'à moitié. Le reste, de la bouillie pour les chats. Devrais-je ajouter que les romans de Lemire m'ont toujours paru mal écrits, bâclés, d'une fausseté de ton souvent insupportable, parfumés qu'ils sont d'une sensualité de pacotille.
— C'était ton ami, non ?
— C'était. Je l'ai beaucoup fréquenté. Mais je le lisais difficilement, voilà tout. Nous sommes dans l'éphémère, mon petit vieux. Même si on vous offre de publier vos œuvres complètes. Mes œuvres complètes, veut-on rire ? Qu'est-ce que tu bois ?

Il opte pour un beaujolais. J'aurais préféré qu'il prenne un sancerre. Une autre bouteille à ouvrir. Qu'il se serve ! Il connaît les aires. Il obtempère sans rechigner. Et moi ? Un sancerre, bien sûr. Le docteur Poirier n'en saura rien. Pas d'analyse de sang en vue pour les semaines à venir. Quand Raymond revient,

deux verres à la main, je nous revois il y a trente ans. Il avait alors le cheveu moins rare, une tête à la Harpo Marx. J'étais un tantinet guindé, je me prenais pour un éditeur important, j'étais constamment sur mes gardes. À vrai dire, je m'en rends compte maintenant, j'avais peur du verdict de Marie-Ève, elle qui craignait toujours que les Éditions du Peuplier ne déposent leur bilan.
— De quoi est-il mort ? Tu ne m'as pas répondu.
Un arrêt cardiaque. Pas étonnant. Il en était déjà à son cinquième pontage. Il devait s'épuiser à faire l'amour à sa ballerine. Il souffrait aussi de la maladie de Parkinson à ce qu'il paraît. Elle est réconfortante, la vieillesse ! Depuis une quinzaine d'années, nous étions brouillés. Pour une sottise. Il aimait les romans d'Hemingway, tenait ses nouvelles pour de simples esquisses. J'étais d'un avis opposé. Je le lui ai dit brutalement dans un lancement. Un lancement que son éditeur avait organisé pour lui justement. Pas étonnant qu'il préfère *Pour qui sonne le glas,* cette bluette interminable ressemble en mieux aux romans qu'il nous assenait tous les deux ans ! Le même soir, je lui faisais la leçon au sujet des femmes. Il n'avait pas le droit de les rejeter dès que survenait le moindre contretemps. À plus de soixante ans, alors, toujours aussi avide de sensations. Il m'avait dit que j'étais de la race des cocus. Je m'en suis souvenu, sans y attacher tellement d'importance, quand Marie-Ève est partie quelques années plus tard. Cocu, moi ? Le mot même appartient aux romans de Lemire. Ils sont périssables, ses romans, ils ont déjà péri. Les miens ? Qu'on le décide pour moi. Laurent avait peut-être rai-

son à propos de mon cocuage, mais pour ce qui est d'Hemingway, il avait tort. Bâclées, ses nouvelles ? De la dentelle, du grand art. À aucun moment n'ai-je tenté de briser le silence qui nous séparait. Mes souvenirs me suffisaient. Et puisqu'on meurt à une belle fréquence autour de moi, que je suis de plus en plus un survivant, aussi bien accepter les défections, les décès, les oublis, sans même songer à m'en étonner. Mes tendresses, mes regrets, je les garde pour les quelques semaines ou les quelques mois qui me restent. Des souvenirs me reviendront en mémoire, je reverrai nos vingt ans, les lectures communes, les emballements partagés.

— Est-il mort subitement ?

Je deviens plus curieux. Dans la rue. J'ai déjà prétendu que je préférerais mourir ainsi. Je ne le pense plus. Souffrir le moins possible, évidemment. Mais j'aimerais bien être dans mon lit pour le passage final. Me coucher un soir et ne plus me réveiller. Être délivré du fardeau de la vie sans trop souffrir. J'y songe parfois. La nuit la plupart du temps, quand le sommeil tarde à revenir. Moins qu'il y a une trentaine d'années tout de même. Tout se passe comme si, en devenant vraiment vieux, donc plus à risque, j'avais d'autres préoccupations. Celle de demander à Raymond, par exemple, ce qu'il pense de mon beaujolais. Il me répond en riant que son idée est faite depuis longtemps puisque c'est lui qui me l'a offert l'an dernier. Le jour de mon soixante-quatorzième anniversaire. Cette année, il ne m'a rien apporté. Bizarre.

— Et tu sais que Lemire a laissé un journal.

— Je ne sais rien.

Que peut-il raconter dans ses carnets, la vedette de la télé travestie en romancier ? Des cancans littéraires ? Ils ne m'intéressent pas. Si au moins il avait vécu dans le Paris des années trente. Non, mais vraiment, qui veut savoir s'il a connu Lacombe ou Cadorette ? Ses rencontres avec les écrivains étrangers ? S'il relate ses aventures sur le ton qu'il employait lorsqu'il paraissait à la télévision, je ne suis d'aucune façon curieux de les lire, ses confidences. Je l'ai vu en conversation avec François Nourissier lors d'une réception au consulat de France. J'avais honte pour lui. Il voulait tant que ses romans paraissent chez Grasset. Selon lui, nous, les éditeurs québécois, n'étions que des amateurs. Le sien pourtant n'était pas mal. Quel lèche-bottes ! Nourissier l'écoutait poliment, s'inquiétant plutôt de l'heure de départ de l'avion qui devait l'emmener à New York le lendemain.

— Son journal ne paraîtra que dans dix ans.

— Dans dix ans, personne ne lira plus Laurent Lemire. Pire, on ne se souviendra même plus de son nom. Il est vrai qu'un éditeur subventionné pensera peut-être qu'il peut en tirer quelque chose. Dix ans, mais pourquoi dix ans ?

— Un caprice peut-être. Quoiqu'il semble que son journal soit un peu sulfureux.

— Qui te l'a dit ?

— Son éditeur. J'ai promis de garder le secret.

— C'est pour ça que tu m'en parles ?

Raymond s'esclaffe. Il m'apprend que Lemire a

racheté tous ses droits l'an dernier. Il n'a pas dû débourser beaucoup d'argent, sa cote n'est pas élevée. Ses livres devaient être réédités au rythme de deux par année à partir de décembre prochain. Je répète que personne ne les aurait lus. Raymond n'est pas d'accord. Il prétend même que Laurent a écrit deux romans qui comptent parmi les plus importants des trente dernières années. Raymond, qu'est-ce que ça veut dire, « importants » ? Dis-le moi. Crois-tu vraiment qu'il a influencé toute une génération ? Lis-tu beaucoup de toute manière des livres « importants » ? Ses livres, surtout les deux que tu me cites, n'auraient-ils donc qu'une valeur sociologique ? Alors, ce n'est que du vent, mon cher Raymond. Détends-toi, bois un peu. Il n'empêche qu'au fond, j'aimerais bien le consulter, son journal. À la va-vite, à la recherche de détails croustillants. Il écrit trop mal. Le lire en diagonale, mais tout de suite. Dans dix ans, ce sera trop tard pour moi. Lemire a toujours été un peu caustique. Ce n'est que par l'ironie au reste qu'il a une valeur comme écrivain. Il s'est trompé, il a cru qu'il était un romantique, d'où l'abondance de mièvreries dans ses romans. Parle-t-il de moi ? Raconte-t-il des secrets que je lui ai confiés ? Il a beaucoup vu, qu'a-t-il retenu ? M'en voulait-il encore ? Avec les écrivains, on ne sait jamais. Ils se souviennent mal. Ils ont l'imagination fertile, même les vieux, ils racontent n'importe quoi en se donnant facilement l'illusion de détenir la vérité.

— Ma préface, enfin, tu l'as lue ?

Je ne réponds pas tout de suite. Histoire de l'embêter. À vrai dire, je ne m'en souviens même plus. La glose littéraire m'ennuie plus que tout, surtout quand elle concerne mes écrits. Mais chagriner Raymond, il n'en est pas question.

— Elle est bien, même très bien.

— Mais encore? Tu ne m'as pas trouvé trop indiscret?

— Pas du tout.

— C'était délicat, tu l'avoueras. Tu as souvent frôlé l'autobiographie dans tes romans.

— Raymond, je te l'ai dit cent fois, je n'ai pas raconté ma vie, j'ai raconté mes rêves.

— Si j'avais parlé de Marie-Ève, tu m'en aurais voulu?

— Peut-être.

Que sait-il de mon effondrement quand elle est partie avec son universitaire? La vraie raison de mon silence d'écrivain, c'est elle. Dès que je me suis aperçu que notre relation allait à vau-l'eau, j'ai cessé de croire à la vertu salvatrice de l'écriture. Marie-Ève s'est effacée de ma vie bien avant son départ. Quand je nous ai vus aller à la dérive, j'ai su que je ne saurais plus écrire. Combien de fois n'ai-je pas tenté d'inventer une histoire qui relaterait la détresse d'un personnage abandonné par la femme qui partage médiocrement sa vie? Pour continuer, il aurait fallu que je sois propulsé par le désir. Raymond me demande s'il peut remplir nos verres. J'acquiesce sans me faire prier.

Pendant qu'il s'absente, je me dis que j'envie le sort de Lemire. Il est mort, rien ne compte plus pour lui. La vie, que m'apporte-t-elle? Quelques légers contentements occasionnels, un ennui à peu près constant. Je ne parviens même plus à lire raisonnablement. Deux ou trois pages, puis j'abandonne. La culture, de toute façon, ce n'est pas un vieillard qui radote, mais un enfant, la petite Pascale par exemple, la petite Pascale qui s'émeut devant une voix nouvelle. J'ai été déjà cet adolescent, Flaubert que je dévorais à la lumière d'une torche électrique sous les couvertures parce qu'on m'interdisait de lire passé dix heures du soir. Pascale lira-t-elle la plupart des livres qu'elle a emportés ? Reviendra-t-elle me voir ? Pourvu que je ne lui aie pas paru trop revêche. Un peu comme avec Raymond. Je me retiens d'être vraiment rosse avec lui. J'ai besoin de sa présence. Pas tellement à cause des petits services qu'il me rend. Quand je pense à lui, je dis « mon ami ». Mais à mon âge, on ne sait plus très bien. À vingt ans, on sait. On donnerait tout pour l'autre, on lui confie ses aspirations les plus intimes, on accepterait qu'il vous appelle à trois heures du matin pour vous dire qu'il vient de lire une phrase capitale dans les *Cahiers* de Valéry ou que le troisième mouvement du quatuor numéro quatorze de Beethoven est sublime. Je ne lis plus, je relis avec difficulté, je n'écoute plus, je réécoute du mieux que je peux. Tout me lasse. La solitude n'est supportable qu'à petites doses. À moins qu'on ait une tâche à accomplir. Jadis, j'ai lu une phrase de Goethe, ce vieux détestable de Goethe, à ce sujet. Il dit que la solitude n'est bonne que si on a une tâche définie à accomplir. Quelque chose du genre. Était-il âgé quand il a émis cet avis ? Je l'affirme, sans preuves.

— Je te remercie pour ce que tu as écrit.

Raymond paraît surpris. S'attendait-il à ce que je l'abreuve d'injures ? Ce serait étonnant tout de même. Avec lui, je suis plutôt correct, attentif souvent. C'est un garçon intelligent, il doit s'apercevoir de quelque chose. Il sait que je me retiens. Je lui ai dit tant de fois que seules m'intéressent les œuvres. Les commentaires, je n'en pense rien.

Ce n'est pas une raison pour que je lui en veuille. Au fond, je le tiens un peu pour mon fils. Je suis plus près de lui que d'Alain, c'est l'évidence. Du reste qu'est-ce qui me dit qu'il n'a pas rédigé cette préface par pure sympathie ? Il a autre chose à faire que de relire les romans de Louis Audry. Surtout *Amours*, qui a beaucoup vieilli. Je n'ai eu qu'à le consulter l'autre jour pour être atterré. J'étais donc l'auteur de cette pâle histoire de désir ? J'avais donc déjà été naïf à ce point ? J'avais trente-huit ans à l'époque, j'avais connu la paternité. Il y a bien quelques pages à sauver dans ce livre, mais je n'ai nullement l'intention de les noter.

— J'ai été tenté de faire état de certaines de nos conversations. Tu sais, lorsque, les employés étant partis, nous prenions l'apéro. Tu te souviens ?

Si je me souviens ! Les meilleurs moments de ma vie peut-être. J'avais un petit frigo dans mon bureau. La bouteille de vin cuit, les glaçons. Nous parlions des événements de la journée, nous ressassions quelques potins, la vie semblait douce alors. Des gens mouraient autour de nous, nous allions à leurs funérailles, mais au fond nous ne paraissions pas concernés. Notre tour viendrait, mais nettement plus tard. Certains jours où l'angoisse se faisait plus prégnante, je me mettais à craindre. Vraiment, j'avais peur. Maintenant que la mort est proche, je suis tellement terrifié souvent que je ne bouge plus. Pour cette raison aussi, aujourd'hui, mon ami, je sens moins que jamais la tentation d'être sévère avec toi. Je te serrerais même dans mes bras si j'osais.

— Tu as des nouvelles de Monique ?

Il me regarde, étonné. Les yeux légèrement exorbités. De plus en plus Harpo Max.

— Elle ne t'a pas téléphoné ?
— Pourquoi l'aurait-elle fait ?
— Mais, pour ton anniversaire !
— Tu lui as parlé ?
— Hier.
— Comment est-elle ?
— Depuis la mort de son ami, elle a un peu vieilli.
— Il est mort, son diamantaire ? Comment il s'appelait déjà ?
— Éloi. Il est mort l'an dernier. En septembre. Je croyais t'en avoir touché mot.
— C'est possible.
— Un curieux homme. Il aurait pu faire fortune dans les diamants, il a préféré enseigner. Tu ne l'aimais pas beaucoup, toi.
— Mais Monique dans tout ça ?
— Je te l'ai dit, elle a vieilli. Je déjeune avec elle mercredi prochain. Tu veux te joindre à nous ? Je viendrais te prendre. Elle en serait ravie.

Je bats en retraite. Revoir Monique, d'accord, mais quand je serai prêt. Je ne voudrais pas paraître m'imposer.

— Elle aimerait bien travailler. Nous avons toujours besoin de correcteurs d'épreuves. Nous pourrions l'utiliser. Elle a l'œil.

— Elle t'a dit qu'elle me téléphonerait ? C'est toi qui lui as rappelé mon anniversaire, évidemment.

— Tu veux rire ? Elle se souvient de tout. Une véritable mémoire vivante. Elle ne t'a pas oublié.

— Elle parle de moi ?

Je suis malhonnête. Je sais pertinemment qu'elle ne m'a pas oublié. Elle et moi, l'entente parfaite. À part son affection exagérée pour les poètes, une collaboratrice idéale. Elle insistait pour que nous publiions de la poésie. Je n'étais pas d'accord. Elle m'en a voulu. Quand elle n'était pas de mon avis, elle boudait. Ça ne durait pas. Je l'invitais au restaurant et tout était réglé. Parfois, c'était elle qui avait raison. J'ai loupé quelques affaires à cause de mon entêtement. J'aimais être avec elle. J'aimais sa douceur, sa délicatesse, son humour. Ça me changeait des sautes d'humeur de Marie-Ève. Marie-Ève, toujours si directe. J'oubliais évidemment que je ne savais rien d'une éventuelle vie avec Monique. Aurait-elle eu avec moi la patience qu'avait démontrée Marie-Ève ? Il s'en est fallu de peu pour que je me tourne franchement vers elle avant même la défection de Marie-Ève. Deux fois aujourd'hui que je songe à ce passé-là. C'est la faute de Raymond. Au début, elle le supportait à peine, le pauvre. Elle le prenait de haut, ne prisait pas tellement son accent. Il était pourtant bien discret, le Raymond, marchant sur la pointe des pieds, faisant tout pour ne pas la heurter. Il fallait le voir recourir aux ruses les plus subtiles pour ne pas paraître nous faire la leçon quand il avait eu à corriger un texte boiteux que nous avions laissé passer par négligence. Il l'agaçait, surtout à cause des tournures langagières biscornues et plutôt soixante-huitardes qu'il avait retenues de son passage au lycée. Mais il insistait si peu, prompt à adopter certaines locutions québécoises, jurant à l'occasion d'une façon plutôt comique pour nous.

— Elle avait besoin de renseignements, alors elle m'a téléphoné.

Raymond n'est pas très convaincant. La preuve ? Il a le regard fuyant.

— Ce n'est pas plutôt toi qui l'as appelé pour ta préface ?

— On ne peut rien te cacher. Tu sais, au fond c'est elle qui aurait dû l'écrire, cette préface. Elle m'a éclairé sur plusieurs points.

— Où vit-elle ?

— Toujours à la même adresse. Mais elle devra déménager en juillet. Le loyer est trop élevé. Tu sais que son Éloi ne lui a rien légué ? Tout est allé à ses enfants. Elle a eu de la chance qu'ils lui laissent l'ameublement. Des salauds bien sûr. Elle ne leur en veut pas cependant.

Quand a-t-il vu Monique la dernière fois ? Il y a deux mois chez Olivieri. Elle avait maigri, ses traits étaient tirés, ses cheveux sont maintenant gris. S'est-elle informée de moi ? Il hésite, finit par avouer qu'elle ne vit plus que dans le souvenir des années passées aux Éditions du Peuplier. J'en suis ragaillardi.

— Quand on lui a signifié son congé à la librairie du centre-ville où elle travaillait, elle a fait une dépression. En réalité, elle chôme depuis lors.

Elle ignorait qu'on m'avait forcé à abandonner mon poste. On ne voulait plus de moi. Elle croit toutefois que j'aurais dû m'accrocher. Elle estime que j'ai toujours manqué de persévérance. À son sens, cette absence de ténacité expliquerait aussi mon silence comme écrivain. Elle ne m'en veut pas, estime Raymond. Elle parle de moi sur un ton presque maternel. Selon lui, elle m'aime toujours.

— Au bureau, c'était évident. Elle te défendait même quand tu n'étais pas attaqué. Un jour, j'ai fait une blague à ton sujet, pas tellement méchante, ce qu'elle a pu m'engueuler ! Lemire, tiens, elle ne pouvait pas le supporter. Elle disait que sa réputation était surfaite, qu'il invitait les critiques à déjeuner, qu'il recevait les universitaires à son domaine de l'Estrie. Je ne comprends pas qu'elle ne t'ait pas appelé.

— C'est ma faute. J'aurais dû lui faire signe.

Un autre beaujolais ? Il ne dit pas non. Mais avant de se lever, il tire de son porte-document une liasse de feuilles quadrillées.

— J'ai aussi écrit cela. J'aimerais que tu le lises.

Sur le coup, je le déteste. Cette affaire de préface ne se terminera donc jamais ?

Ce que Raymond Boujut aurait souhaité ajouter à sa préface

On ne parle pas aisément de l'amitié. Je ne sais pas par exemple si Louis Audry me tient vraiment pour un ami. Nous avons eu de fréquentes et interminables conversations. C'est à moi qu'il confiait, et qu'il confie, certains jours, l'état de découragement qui est le sien. Il a beaucoup misé sur la littérature. Pendant longtemps, il a cru qu'elle lui tiendrait lieu de vie. Il avait été dans l'adolescence un écorché vif, l'écriture avait réussi pendant quelques années à contenir le désenchantement qu'il ressentait. Il en était venu à croire qu'un écrivain n'a pas le droit de se lier sérieusement à une femme, encore moins d'avoir des enfants avec elle. Par rapport à Marie-Ève, il n'a jamais cessé de se sentir coupable. Coupable de tout. Coupable de l'empêcher d'exister, coupable de ne pas éprouver la même joie de vivre qu'elle. « Je suis un rabat-joie », me disait-il souvent, oubliant qu'à certains moments sa conversation était un feu roulant. En compagnie de Marie-Ève, il était toutes prévenances, respectant ses goûts, allant même au-devant du moindre de ses désirs. Il l'a accompagnée dans deux croisières en mer, lui que la vie en société ennuie. J'imagine facilement le tourment qui devait être le sien le soir où il fallait dîner à la table du capitaine ou, pire, participer au bal costumé. Marie-Ève aimait ce genre de vie superficiel, il était incapable de le supporter. S'il s'y pliait, c'était uniquement par amour pour elle.

Il est évident qu'il s'imaginait que leur union n'aurait pas de cesse. Il disait pourtant qu'il ne méritait pas qu'une femme de sa qualité joigne sa destinée à la sienne. Quand elle est partie, il n'a rien fait pour la retenir tant était fort chez lui le sentiment de résignation. Il n'avait pas le droit, croyait-il, de tenter de la convaincre. Puisque le bonheur lui faisait signe, il fallait qu'elle le saisisse. Il a continué de la voir de temps à autre. Des déjeuners qu'elle lui accordait, il revenait abattu. À cette époque, ses enfants l'ont oublié. Peut-être même lui en voulaient-ils de son attitude. Marie-Ève avait un peu trop parlé, elle avait exagéré devant eux l'importance des liens qu'il avait entretenus avec Monique, secrétaire de direction aux Éditions du Peuplier. Sylvie surtout a été impitoyable.

Certains matins, Louis était en pleurs. Le travail lui pesait, il ne lisait plus les manuscrits qui lui étaient soumis. N'eût été du hasard et aussi de l'ardeur que je devais bien mettre au travail, la maison aurait connu bien avant les difficultés majeures qui ont été les siennes. Or, je manquais d'expérience, je me suis trompé quelquefois. J'en suis venu à craindre que notre amitié ne s'éteigne.

Louis me considérait toujours un peu comme le petit employé angevin éternellement naïf. Quand mon mariage s'est mis à battre de l'aile, nous nous sommes rapprochés. À quel moment m'a-t-il considéré comme son confident ? Probablement lorsque José a fait une fausse couche.

J'étais arrivé aux Éditions ce matin-là les yeux rougis. Je n'avais pas dormi de la nuit et n'étais venu au travail qu'à reculons. Je voulais tellement être père. Il me semblait que c'était le meilleur moyen de raffermir mon mariage. Plutôt que de me glisser les paroles d'usage en pareilles circonstances, Louis avait éclaté en sanglots. Je l'avais regardé, interloqué. Cet homme de vingt ans mon aîné pouvait donc s'émouvoir à ce point ? Il avait ajouté que je me féliciterais peut-être plus tard de ne pas avoir connu la paternité. Selon lui, ce n'était certes pas le moyen de raccommoder une union défaillante. Pour sa part, il savait maintenant qu'il avait été entraîné dans une aventure qui n'aurait point de fin. Avoir des enfants, rien de plus égoïste, pensait-il. Il se sentait honteux par rapport aux siens. Il les aimait sincèrement, mais était incapable de leur manifester son amour. Il estimait que son fils surtout avait souffert de sa difficulté à communiquer. Il fustigeait son désir d'écrire qui l'avait isolé de façon irrévocable de sa femme et de ses enfants.

De ce jour, nous nous sommes mutuellement tenus pour des êtres essentiellement malheureux, des êtres que la vie n'avait pas rendus aptes à quelque sérénité. Il disait même que nous attirions le malheur. Nous en riions souvent.

J'écris ces lignes le matin même de son soixante-quinzième anniversaire. Je m'apprête à lui rendre visite. Dans quel état le trouverai-je ? Je suis la seule personne qu'il voit régulièrement. Ses filles le visitent bien à l'occasion, mais à la sauvette. Son fils est loin. Et pas seulement physiquement. Nous discutons de tout et de rien, surtout du passé.

De temps à autre, il me fait des confidences au sujet de ses enfants. De sa femme, qui a tant compté pour lui, il ne dit rien. Il y a six mois pourtant, il m'a confié qu'il s'était très mal comporté avec elle. Quand j'ai voulu en savoir plus long, il s'est réfugié dans un silence hostile. Inutile d'insister, je ne tirerais rien de lui.

De temps à autre, je déjeune avec Monique. Elle vient d'avoir soixante ans. Si ce n'était de notre passé commun, des années écoulées aux Éditions du Peuplier, je ne suis pas sûr du tout qu'elle consentirait à me voir. La solitude semble lui peser. Elle s'informe toujours de Louis. La dernière fois, elle m'a paru plus morose que d'habitude. Triste, elle l'a toujours été, malgré une vivacité de surface. Il m'a souvent semblé qu'un voile de désenchantement tamisait son regard. En cela, fort séduisante à mes yeux. Je n'aime pas les explosions de joie, les éclats. Cette femme m'attire. Je suis sûr que la réciproque n'est pas vraie. Elle m'a toujours traité comme un adolescent attardé. Si elle accepte de me voir, c'est à cause de Louis. Quand elle me demande s'il est toujours aussi malheureux, je dois bien répondre par l'affirmative. « Tu ne crois pas qu'il s'y complaît un peu ? » ajoute-t-elle parfois. Je ne la contredis pas.

Johanne n'a pas encore donné signe de vie. Il est vingt et une heures cinq. Louis n'a plus tellement l'habitude du vin. Lorsque Raymond lui a demandé s'il souhaitait qu'il reste encore un peu, il a joué la comédie. Il a prétendu qu'il avait la migraine. En réalité, un léger tournis. Raymond finit toujours par l'ennuyer. Au début, il lui paraît passionnant, sa conversation est nourrie, il apporte des nouvelles du dehors, il rutile, il brille de tous ses feux. Au bout d'une heure, le charme est rompu. Il y a aussi Johanne. Pourvu qu'elle ne se pointe pas plus tard que la limite convenue. Passé vingt-deux heures, on n'est pas bienvenu chez Louis Audry. Pendant les années des Éditions du Peuplier, on venait sans s'annoncer, parfois vers minuit. Marie-Ève n'était pas d'accord. Depuis qu'il s'est retiré, Louis préfère la clarté des petits matins. À ce moment du jour, il parvient même à oublier que la vie est un fardeau qui ne fait que s'alourdir à mesure que l'on vieillit. Il arpente sa maison, feuillette quelques livres, lit une page du président de Brosses ou du prince de Ligne, allume son poste de radio, l'éteint. C'est vers onze heures, après avoir expédié sa collation, que la grisaille apparaît. Il se met alors à songer à ses misères, au temps qui fuit, à la mort qui vient.

Il s'est débarrassé de Raymond au bon moment. Juste avant qu'il l'indispose vraiment. Très en forme, son petit Français — c'est ainsi qu'il l'appelle parfois —, s'était mis à raconter des vacheries au sujet de Lemire. Louis savait-il qu'il avait offert une litho de Riopelle à un professeur de lettres, membre d'un jury, que celui-ci la lui avait retournée accompagnée d'une verte semonce? Avait-il appris qu'une romancière à succès faisait récrire ses livres par un poète ami de la maison qui la publiait? Était-il intéressé d'apprendre que Lacombe était pédophile et que Martin faisait des pieds et des mains pour entrer à la Société royale? Et, à chaque révélation, des yeux qui s'illuminaient comme si le secret dévoilé allait changer quelque chose à la marche de l'Histoire. Il ne savait donc pas, le cher Raymond, que ces papotages lui parlaient d'un monde qu'il faisait tout pour oublier? Il avait été avide de cette rumeur, il ne l'était plus. Ce qui ne l'empêchait pas de demander des éclaircissements, des précisions. Lemire, par exemple, avait-il bu jusqu'à la fin? Vers sa quarantaine, il avait été un boit-sans-soif qui ne partait de chez ses hôtes qu'aux aurores, non sans avoir éclusé une bouteille de marc. À son troisième verre, Raymond, à sec d'anecdotes, s'était mis à devenir triste soudainement. Sa vie sentimentale battait de l'aile. Élyane était clitoridienne. Et puis, quoi? Louis n'a jamais supporté ce genre de confidences. Raymond aurait dû s'apercevoir dès le début que sa pimbêche ne valait pas José, cette femme qu'il a sottement abandonnée. Et surtout, pourquoi a-t-il tellement insisté sur les satanées pages manuscrites ? S'il veut les incorporer à sa préface, qu'il le fasse ! S'il tergiverse trop longtemps, on retardera la publication de ce fameux livre alors que Louis souhaite que tout se termine au plus tôt. Il est bien prêt à attendre un mois, c'est le délai convenu, mais au-delà, pas question. Il n'a jamais aimé mariner, faire du surplace. Au contraire, il a toujours couru au-devant des dangers. Quand il comparaît devant le docteur Poirier, il le presse de lui dévoiler la vérité quoi qu'il puisse arriver. S'il a un cancer, qu'il le lui dise sur-le-champ. Puisqu'il a accepté de poser à l'écrivain pour une dernière fois, il ne cherchera pas à se dérober. Quelques interviews, le moins possible, des comptes rendus qu'il lira peut-être, puis le retour au silence.

Difficile de croire que Raymond a cinquante-cinq ans. Il n'a aucune maturité, selon Louis. Au chapitre des femmes, il est nul. Autrement se serait-il laissé happer par cette sotte d'Élyane ? En littérature, il n'a pas mauvais goût, il connaît l'œuvre de Thomas Mann sur le bout de ses doigts. Pour ce qui est de la musique, un pleutre. Il faut l'entendre s'extasier devant le plus médiocre des tubes de Leonard Cohen ou encore vanter Bob Dylan comme s'il s'agissait d'une révélation. Louis ne supporte que les grands Allemands, quelques baroques et les impressionnistes français. Pourtant,

Satie l'exaspère et les symphonies de Beethoven et de Mozart l'indisposent de plus en plus. Quand Raymond s'est mis à justifier ses pages manuscrites, Louis a bien failli se mettre en colère. Pourquoi n'avait-il pas déchiré lui-même ces ajouts s'il les trouvait tellement indiscrets? Raymond n'avait pas répondu, choisissant plutôt de reparler de Monique.

Louis entend le claquement d'une portière d'auto. Il n'a pas le temps d'écarter les lattes du store. Johanne est déjà dans le vestibule. Alors que Sylvie préfère sonner, Johanne se sert toujours de sa clé. À toutes les deux, il a dit trois fois plutôt qu'une que la clé pourrait leur servir si jamais il mourait à domicile. Chaque fois, elles protestaient véhément. Les enfants ne veulent jamais envisager l'éventualité de la mort de leurs parents. Probablement parce qu'elle préfigure la leur. Louis resserre le nœud de sa cravate. Il n'a pas eu le même souci avec Sylvie. Contrairement à sa sœur, Johanne attache beaucoup d'importance au paraître. Elle tolérerait mal que son père semble se clochardiser. Déjà que la maison est dans un état déplorable. Il aurait dû passer un autre pull. Celui-ci est défraîchi. Et puis, sa barbe de trois jours, le pantalon maculé qu'a remarqué Sylvie. Son compte est bon.

Ils se rencontrent dans le corridor. Johanne accroche son imper lustré à la patère, se retourne, lui sourit. Son parfum sent la pervenche. Son fond de teint est trop prononcé. Elle a apporté un cadeau. Selon toute vraisemblance, un livre. La même chose tous les ans. Rarement un ouvrage qu'il souhaite acquérir.

D'ailleurs, où le trouverait-elle, ce livre précieux ? Les éditions rares, les beaux albums, il ne les traque plus. Fini le temps des courses dans Paris, Lyon ou Genève à la recherche d'une rareté. De toute manière, Johanne serait bien embêtée de la dénicher. Son domaine, c'est le tout-venant, Paul Auster, Nancy Huston, Julian Barnes. Il déballe le paquet, s'aperçoit qu'il s'agit plutôt d'une boîte de chocolats belges. Elle s'excuse en l'embrassant — décidément son parfum est écœurant —, elle n'a pas eu le temps de courir les magasins. Trop occupée.

— C'est bien, c'est très bien. Je préfère les chocolats fourrés à la crème, les noirs surtout, tu t'en es souvenue.

Il dit vrai. Il a tout à coup le goût du chocolat. Que veut-elle boire ? Elle se contenterait d'une San Pelegrino. Il n'a que du Perrier. Qu'elle se serve. Il prendrait bien un sancerre. Elle le regarde curieusement. Estime-t-elle qu'il a déjà trop bu ? Elle fait bouffer ses cheveux d'un geste dont Raymond dirait qu'il est féminin. Voudrait-il que sa fille ait des manières garçonnes ? Louis se dit qu'il a vraiment mauvais caractère, accuser Raymond même en son absence. Il a remarqué que sa fille a encore changé de coiffure. Celle-là ne lui plaît pas du tout, trop abondante. Il préférait de loin la coupe à la Louise Brooks qu'elle a arborée pendant au moins cinq ans. De ses deux filles, c'est incontestable, Johanne est la plus belle, la plus intelligente aussi. Pourquoi est-elle régulièrement malheureuse ? Elle est déjà devant lui, une bouteille de Perrier à la main. Elle n'arrive pas à la

dévisser. Elle la lui tend. Réussira-t-il à l'ouvrir ? Il en doute. Il n'a plus aucune force dans les poignets. Quant à ses muscles, un désastre. Il paye pour le mépris dans lequel il a toujours tenu l'effort physique. Longtemps, les médecins lui ont recommandé de marcher au moins une demi-heure par jour. Il ne leur a jamais obéi. Des journées entières à passer d'un fauteuil à son lit. Quand, par extraordinaire, il fait de courtes promenades dans le quartier, il en revient exténué. Le cœur, les veines, les artères, quel gâchis, il les a malmenés autant qu'il a pu. Laurent Lemire se vantait de sa musculature, faisait des exercices compliqués, soulevait des haltères, suait à gros bouillons dans son sauna.
— Tu y arrives ?
Johanne est allée à la cuisine chercher des olives noires, elle surprend son père à rêvasser, sa bouteille de Perrier à la main.
— Enfin, oui. Ça n'a pas été facile. Que veux-tu, ton père vieillit. Je n'ai jamais été tellement adroit, tu le sais bien.
Il n'est plus habile à rien. L'amour physique, par exemple, depuis combien de temps ne l'a-t-il pas pratiqué ? Au moins sept ans. Avec qui serait-il allé au lit ? Trop lucide pour payer les faveurs d'une professionnelle et s'imaginer en même temps que son charme opérait, il a laissé cette faculté s'atrophier. Quand il est près de le déplorer trop amèrement, il essaie de se convaincre qu'il a été au moins un amant passable. Pas à cause des témoignages des quelques partenaires qu'il

a connues. Ce genre d'appréciations ne veut rien dire. Louis l'a toujours su. Seules les nymphomanes jaugent vraiment leurs amants. Les autres se contentent de jouir si elles le peuvent. Maintenant que cette époque de sa vie est terminée, il lui reste la nostalgie du plaisir sexuel. D'ailleurs, il regrette plus profondément le plaisir qu'il ne peut plus donner que celui qu'il recevait. Quoi de plus beau, estime-t-il, qu'un corps de femme qui s'entrouvre au désir ?

— Mais qu'est-ce que tu as ? Tu as trop bu, ma parole !

— C'est possible. Non, je pensais plutôt à Lemire. Laurent Lemire, tu sais ce qu'il disait ? « Je ne suis pas une grenouille, moi, je déteste l'eau. » Tu ne veux pas d'un peu de cognac avec ton eau ?

— Lemire, Lemire ? Connais pas.

— Un ami. Il a fait de la télévision, jadis.

— Ah, c'est lui ? On en parlait à la radio tout à l'heure. Pour le cognac, c'est non.

Elle n'est pas dans son assiette. Un autre de ses mauvais jours. Il va devoir s'ingénier à la dérider. Il n'y est à peu près jamais parvenu.

— Sylvie est passée cet après-midi. À propos, tu savais, au sujet de Marc ?

— Qu'est-ce qu'il a, celui-là ?

— Entre lui et Sylvie, ça ne va pas très fort. Tu le savais ?

— Je m'en doutais bien un peu. Ils se séparent ?

Il répond qu'il ne semble pas. Mais pourquoi a-t-il abordé ce sujet ?

— Ils sont excellents, tes chocolats. Je t'en offre un ?
— Ils sont à toi. De toute façon, je n'ai pas faim.
— Ton frère se marie. Je te l'apprends ?
— Elle est bonne ! Avec qui ? Une Américaine ?

Louis raconte ce qu'il sait en s'abstenant du moindre commentaire. Johanne a l'habitude. Son père est rarement intervenu auprès de ses enfants. À Marie-Ève, les problèmes.

— Toi, tu t'en fous, avoue-le ! dit-elle en souriant.
— Mais non, je n'avoue rien. Je voudrais qu'Alain soit heureux. Je n'ai jamais souhaité autre chose pour mes enfants.

Johanne a un sourire en coin. Elle a hérité ce tic de son père. Louis doit sa réputation d'ironiste à ce trait de physionomie. Souvent, il a souffert de son inaptitude à masquer ses réactions. Devant un interlocuteur trop benêt, il n'est jamais parvenu à dissimuler son amusement.

— J'ai dû te décevoir souvent. Elle fait quoi, sa fiancée ?
— Dentiste.
— Ah ! bon ! Mais, c'est curieux, se remarier ! Carole lui en a fait baver pourtant. Ça ne lui a pas suffi ? J'espère au moins qu'elle n'est pas aussi froide que Carole.
— Rien ne me porte à croire que Cassandra soit froide.
— Parce que tu as retenu son prénom ! Tu me surprends. Sais-tu au moins le prénom de l'homme

avec qui j'ai passé les deux dernières années et que je viens de remercier? Te souviens-tu de ce qu'il fait dans la vie? Dessinateur industriel, maquereau ou pianiste de bar? Excuse-moi, j'oubliais qu'en principe je suis venue ici pour te souhaiter bon anniversaire.

— Il s'appelle Luc. Je ne sais plus s'il a un travail. Excuse-moi, c'est comme ça.

— T'en fais pas pour moi. Pour ce qui est du petit frère, admets qu'il a tendance à jeter son dévolu, c'est une expression qui te plaît, non? À jeter son dévolu, disais-je, sur des chipies. Il y a eu Carole, il y a eu Lucie. Tu te souviens de celle-là, l'informaticienne qui le menait au doigt et à l'œil, laide en plus, pas de seins, pas de fesses, ce qui ne l'empêchait pas de se décolleter comme une pute. Et l'autre qui n'arrêtait pas de la bécoter devant nous. C'était d'un ridicule! Maman croyait que cette harpie allait sortir son fils, son cher fils, de sa coquille. Elle le bichonnait tellement alors que nous, les filles, on comptait pour du beurre. Toi, évidemment, tu n'as rien vu.

À dix ans, Alain avait été saisi de bégaiements. Marie-Ève avait consulté à la ronde, fait le tour des spécialistes. Louis, évidemment, s'était à peine aperçu de cette agitation. Il était subjugué par son travail. L'excuse par excellence. On est rarement pris par les événements, on consent plutôt à les passer sous silence. N'était-il pas plus commode au fond de s'évader vers son bureau aux aurores plutôt que de faire face aux problèmes familiaux? Alain bégayait, cela pouvait lui donner sur les nerfs à l'occasion, mais à part ça? Rien.

Johanne avait, quant à elle, connu sa période anorexique. Marie-Ève était dans tous ses états, Louis ne s'était même pas aperçu que sa fille maigrissait à vue d'œil. Elle avait quinze ans, était d'une pâleur cadavérique, pleurait sans arrêt. Deux ans de torture pour Marie-Ève. Pendant cette période, Louis était en plein rêve de grandeur. Il écrivait, ses romans étaient raisonnablement lus, son dernier avait même connu un succès de vente inespéré, sa maison avait publié une *Histoire du Québec* qui avait fait grand bruit. L'auteur, un ancien politicien reconverti en communicateur. Son livre, une toute petite chose vraiment, mais le succès avait été phénoménal. Plus de cinquante mille exemplaires, une réussite inattendue pour les modestes Éditions du Peuplier. Était-ce une nouvelle ère qui s'ouvrait? Louis l'avait cru. Que son fils ait des problèmes d'élocution, que sa fille préférée s'amaigrisse de façon étrange, voilà qui était de peu d'importance. La mésentente s'était dès lors installée dans leur couple. À vrai dire, il le sait maintenant, il n'était plus tout à fait à l'écoute de sa femme depuis quelques années. Marie-Ève était devenue petit à petit très revancharde, lui reprochant tout et rien. Plusieurs fois, il avait confié à Raymond qu'il vivrait volontiers en célibataire. Il ne le croyait plus deux jours plus tard.

— Qu'est-ce que tu lui reproches tant, à…?

Johanne sourit. Sans ironie, cette fois. Il y a même de la tendresse dans son regard.

— Luc, papa, Luc. Tu te souvenais de son prénom il y a cinq minutes.

— Que veux-tu ? C'est comme ça.
— Ce que je lui reproche ? À peu près tout. C'est un pauvre type. Mauvais amant en plus. Alors que ta fille, elle, c'est un joyau. Elle n'a jamais rien fait de sérieux dans sa vie, mais qu'importe ? Elle a voulu être danseuse de ballet, l'anorexie, tu te souviens ? Je m'imaginais qu'il fallait être mince comme un fil, alors je me privais de manger. Puis, j'ai cru être poète, peintre et même mère de famille. J'ai tout raté. Mais on me dit que je suis belle.

Louis lui dit qu'en effet elle est resplendissante. Il veut ajouter un mot sur la coupe de son chemisier, elle ne lui en laisse pas le loisir.

— J'ai quarante ans, je me sens lasse, rien ne m'intéresse. Il faut croire en la vie, jouer la comédie, faire comme si tout allait. Tu sais pourquoi je suis venue si tard ? J'attendais son appel, à ce salaud. J'ai mon portable évidemment, mais je voulais être chez moi, pouvoir lui parler à mon aise. Moi, la femme libre ! Mieux que ça, je me disais qu'il passerait peut-être. Sans prévenir. Comme il l'a fait si souvent. Je suis lâche, je ne devrais pas m'accrocher. Parfois, je me dis que je pourrais me suicider. Mais je sais que je vais toujours reculer. Non, je vais continuer à m'étioler, car je m'étiole, je le sais, ne tente surtout pas de me faire croire que je m'épanouis, que rien n'est perdu, toutes ces fadaises que l'on raconte aux femmes dans mon genre. Je te rirais au visage. Je l'ai déjà fait. Tu ne l'as certainement pas oublié. La seule fois où je t'ai vu pleurer. Je pense souvent à cette scène et j'en suis encore émue.

Louis se souvient de cette veille de Noël où Johanne, qui avait trop goûté au Dom Pérignon, lui avait crié sa haine. À Noël ? Pourtant non, une petite fête pour la naissance d'Alexandre, le fils de Sylvie. À l'entendre, il n'avait été qu'un père inexistant, un mauvais mari, un écrivain sans importance. Il avait commencé par crâner, ajoutant qu'il était aussi un médiocre éditeur et un mauvais danseur de salsa. Johanne avait poursuivi sur un ton encore plus acrimonieux. Marie-Ève ne disait rien, mais il était évident qu'elle n'était pas en complet désaccord. Un brunch réussi, vraiment. Alain venait de rompre avec son amie du moment, sa Lucie. Il en était inconsolable, ne desserrant pas les lèvres. Marie-Ève était devenue furieuse, il ne savait plus pour quelle raison. Et qu'avait-il trouvé de mieux à faire ? Pleurer. Lui, le flegme incarné, l'homme au parfait contrôle. Une trop grande fatigue peut-être, un peu trop d'alcool, pas un besoin d'exhibitionnisme. Johanne était douée pour les éclats, pas lui. Longtemps après, doit-il commenter ? Johanne attend-elle une explication ? À l'époque, il n'a pas réussi. Les années passant, il se sent plus friable encore. Il serait même prêt à supplier sa fille de l'épargner.

— J'ai changé d'idée, dit-elle. Je prendrais bien un verre. Te dérange pas. Tu veux quelque chose ?

Il répond qu'il a déjà suffisamment abusé. Elle ne paraît pas surprise, se dirige en sautillant presque vers le petit cabinet dans lequel Louis range ses eaux-de-vie. Elle opte pour une liqueur de framboise. Une bouteille que Marie-Ève avait elle-même achetée. Quand

Johanne passe devant son père, elle le frôle de la main. Une caresse. Il y a longtemps que Louis n'a pas connu cette sensation. La main d'une femme sur lui. Johanne chantonne. Comment expliquer ce brusque changement d'attitude? Elle a toujours été imprévisible. Il la revoit à treize ans. Juste avant l'anorexie. D'humeur changeante, rapidement à cran, mais la plupart du temps rieuse, plus liante que Sylvie, toujours à vous embrasser, toujours à vous taquiner. Marie-Ève prétendait qu'elle deviendrait comédienne, s'en inquiétait même. Elle aurait souhaité qu'elle se dirige en administration. Tout ce qui paraissait hasardeux était à bannir pour ses enfants. Pourtant, se dit Louis, quand Marie-Ève est partie sans crier gare, elle n'a en rien protégé ses arrières. Elle lui a même abandonné la maison sans y être le moins du monde obligée.

Johanne se dirige vers la cuisine. La porte du frigo, le bruit du moteur, le son des glaçons qui heurtent les parois du verre. Vers la vingtaine, et pendant à peu près un an, Johanne a été *barmaid* à Banff. Marie-Ève était aux abois. Si sa fille allait tomber aux mains de trafiquants de drogues dures!

— Et toi, tu picoles toujours autant? lui demande-t-elle sur un ton qui n'a rien d'agressif.

Il se croit tenu d'expliquer qu'il est devenu très raisonnable sous ce rapport, mais qu'en ce jour anniversaire, il a triché. Elle l'approuve.

— Ce n'est pas un reproche, tu sais. Tu fais ce que tu veux. Justement, tu fais quoi ces temps-ci?

Il est tenté de s'en sortir avec une facétie, répond

pourtant que la plupart du temps il s'ennuie. La musique même l'intéresse moins. Il n'a pas acheté un disque depuis deux ans.

— Dire que tu voulais apprendre l'italien il n'y a pas si longtemps.

— Ça n'a pas duré. C'était à l'époque où je me croyais encore capable d'entreprendre des choses.

— Il y a exactement sept ans. Maman venait de… L'italien, une lubie comme une autre. Deux mois de cours intensifs dans une école spécialisée. Meilleure que Berlitz, lui avait-on dit. Une quinzaine de leçons d'abord suivies avec attention, puis le désintérêt total. À quoi ces séances d'immersion auraient-elles pu lui servir? Puisque sans Marie-Ève, il n'y aurait pas de voyage en Italie. En prenant la décision de s'inscrire à l'école de langues, il s'était dit qu'il rencontrerait des gens, une compagne peut-être. Il en avait le temps, les Éditions du Peuplier commençaient à perdre de leur importance, les affaires de moins en moins brillantes. Le hasard n'avait pas bien fait les choses. Les élèves tous très jeunes, les filles surtout, dans la vingtaine. À leurs yeux, il ne pouvait qu'être hors de la course, ils ne savaient pas qu'il avait été écrivain, que son nom, dans l'édition littéraire québécoise, avait une signification. Difficile d'admettre que pour ces jeunes gens il n'était qu'un sexagénaire comme les autres.

— Donc, tu avoues que tu t'ennuies?
— La plupart du temps, oui, je m'ennuie.
— L'an 2000 n'a donc rien changé pour toi? ajoute-t-elle en mettant un peu d'emphase sur le 2000.

— C'est vrai, je l'oublie toujours, nous sommes en 2000. Quelle faribole ! Comme si tout allait changer parce qu'on a franchi ce cap. Rien n'a changé pour moi. Depuis la mort de ta mère, je me dis souvent que je devrais voyager. Quand elle était encore de ce monde, j'espérais toujours qu'elle me reviendrait, je m'interdisais de partir. Elle me donnerait peut-être signe de vie. Et voyager pour aller où ? Parfois, remarque, je me dis qu'un petit saut à Paris m'intéresserait peut-être. J'ai bien aimé Montparnasse, notre hôtel de la rue Delambre, la Rotonde, le Luxembourg tout près, j'aimais flâner dans les petites rues, m'arrêter dans les librairies, m'asseoir à une terrasse. Je ne suis plus sûr du tout que je réussirais à y prendre autant de plaisir. Tout s'use, Johanne, même les plaisirs qu'on a cru durables.

Aux cours d'italien, les jeunes gens riaient entre eux, trouvaient amusant de prononcer au fur et à mesure les quelques mots d'italien qu'ils apprenaient. Ils paraissaient éternels, semblaient ignorer le vieillissement inévitable, le gâchis qui viendrait. Bien sûr, ils avaient raison. Raison de ne pas craindre l'avenir. À eux, le présent. Pour lui, c'était insoutenable.

N'est-ce pas pour échapper pendant quelques jours à son marasme intérieur qu'il n'a pas su refuser la réédition de ses romans ? Il a beau prétendre que le rappel d'une activité passée lui pèse, il sait bien qu'il a à peine protesté quand l'affaire lui a été proposée. Il donne raison à ceux qui croient qu'on n'écrit que poussé par le besoin de laisser une trace. Non de l'être qu'on est, il sait trop ses limites, mais de ce qu'on a pu écrire, presque malgré soi parfois. Après sa mort, il l'a toujours su, rien ne comptera puisqu'il ne sera plus là. Mais pour ce qui est des jours et des mois qui restent, est-ce trop demander que d'escompter une certaine reconnaissance ? Très légère, presque rien, un murmure. Sur ce sujet aussi, il s'est probablement trompé. Et si on lui avait fait cette ultime fleur pour des raisons commerciales ? Une subvention à étoffer, un programme d'édition à meubler.

Johanne affirme que les olives sont succulentes. Louis n'a pas faim, il refuse d'un geste le plat qu'elle lui tend.

— Tu as l'air bien soucieux, papa. C'est pour être à mon diapason ? T'en fais pas pour moi, que veux-tu, la vie à deux ne me réussit pas. Ce n'est pas parce que je n'ai pas essayé.

Des hommes, rappelle-t-elle, elle en a quand même connu quelques-uns. Elle ne sait pas les retenir. Au début, c'est merveilleux, elle se croit lancée. Puis petit à petit il devient évident que ça ne fonctionnera pas. Elle est patiente la plupart du temps, elle fait des efforts, mais peine perdue. Avec Luc, c'était l'enfer. Ils n'étaient pas faits l'un pour l'autre.

— Je ne cherche pas le compagnon parfait. Je me contenterais de Marc, tiens. Pas extraordinaire, le gars, mais du solide. Sylvie ne le quittera jamais. Moi, c'est plus compliqué, j'aime les histoires qui commencent, la routine me pèse rapidement.

Louis commente :

— « De l'amour, je n'aurai aimé que les commencements », le prince de Ligne.
— Le prince de quoi ? Qui est-ce ?
— Un auteur que je relis ces temps-ci. Excuse-moi, je n'ai pas pu résister.
— Mais qu'est-ce qu'ils ont tous, tes enfants ? Sylvie se plaint de Marc, je me plains de tout. Tu vas me dire qu'Alain nage dans l'euphorie, mais attends un an, peut-être deux, nous le retrouverons dépité, il nous annoncera une séparation, puis un divorce. Serions-nous imperméables au bonheur ?

Johanne va-t-elle se mettre à pleurer ? On le dirait bien. Ses yeux sont humides, sa voix à peine audible. Elle se ressaisit, trempe ses lèvres dans son verre de liqueur.

— Ce n'est pas parce que c'est ton anniversaire que je le dis, mais, tu sais, je n'ai jamais été aussi heureuse que dans cette maison. Heureuse, vraiment heureuse. Nous nous amusions, il y avait de la tendresse dans l'air. Maman n'était pas toujours facile à vivre, elle avait ses sautes d'humeur, ses lubies, mais elle nous aimait. Elle t'aimait aussi. Énormément. Nous sentions cela, nous, les filles. Vous étiez beaux à voir, tous les deux. Sylvie et moi, tu sais ce que nous nous disions ? Plus tard, nous vous imiterions. Tu étais distrait, ça oui, tu ne t'apercevais de rien, mais nous savions que tu pensais à nous. Tu étais un peu comme un visiteur chez toi, mais nous ne souhaitions pas que tu changes. Quand j'ai quitté la maison, ça n'a pas été facile. J'aimais Frédéric à la folie, mais il a fallu que je m'arrache à votre emprise. Quand je venais vous rendre visite, je me rendais compte de la perte que j'avais subie. J'avais laissé un monde douillet, rassurant, pour ce qui n'a pas tardé à devenir un champ de bataille. Bien sûr, je me suis retenue d'en toucher mot à maman. Elle en aurait fait une histoire, elle aurait insisté pour que je revienne avec vous. T'en parler ? Je n'en avais pas l'habitude.

Louis a esquissé dans son deuxième roman un personnage féminin qui est confronté au même dilemme. Retourner chez ses parents après un échec amoureux. Est-ce bien malgré lui qu'il s'est alors inspiré de l'expérience de Johanne ? Il ne s'en souvient plus. Ainsi donc, Johanne a déjà été heureuse. Il se doute bien qu'il n'a pas eu une large part dans cette réussite, mais il se sent rassuré. Une culpabilité en moins. Sa fille est nostalgique. Au moins sur ce point, elle lui ressemble. La maison qu'il habite a donc été pour Johanne la maison d'un certain bonheur. Elle se défait, elle se désagrège. À peine habitée, il est vrai. Est-ce vivre dans une maison que d'y promener ses rêves ? La maison n'a plus l'âme qu'elle a déjà eue. Les meubles sont toujours les mêmes, les défauts qu'elle avait n'ont pas été corrigés, d'autres sont apparus, mais elle existe, un rempart en quelque sorte.

— On ne peut pas tellement aider les autres, surtout ses enfants, mais si tu savais comme je souhaiterais que tu ne souffres pas trop !

Chez les Audry, on n'avait pas l'habitude des effusions. Il y était presque mal vu de manifester trop ouvertement ses sentiments. Marie-Ève était plutôt avare de caresses. Louis? Tout dépendait. À certains moments insistant, à d'autres une ombre. L'homme des ailleurs. À part Johanne, toujours à la recherche d'un câlin, le mot d'ordre tacite était la réserve. Sylvie n'a connu son premier véritable flirt qu'à dix-neuf ans, Alain paraissait n'avoir qu'un souci en tête, l'étude.

— On fait ce qu'on peut, avance Johanne.

Elle parle bas. Louis l'entend à peine. La faire répéter? Elle pourrait s'en formaliser. À tout hasard, il dit:

— Je suis vieux, je ne peux plus tellement t'aider. Et puis, je sais que tu n'attends rien de moi. Tu n'as pas besoin d'argent au moins?

— Je te remercie. Ça va pour ça.

— Ta sœur voudrait que je vende la maison. Je le ferai sûrement un jour, mais je ne suis pas prêt.

— C'est comme tu veux. Qu'est-ce que tu fais de tes journées?

— Rien. Ta sœur ne comprend pas que je vive seul. Je suis d'accord avec elle. Il n'est pas normal d'attendre la mort, il faut qu'elle vous surprenne. Johanne, il n'y a rien de plus sinistre que le vieillissement. Peut-être est-ce plus facile quand on est deux, je l'ignore. Ta mère ne m'a pas fourni l'occasion de le vérifier.

— Tu penses souvent à elle, j'imagine?

Marie-Ève, il y pense constamment. Il ne ressent plus aucune rancune à son endroit. Elle l'a abandonné, il le méritait. Elle a osé, alors qu'il s'est contenté de laisser s'écouler la vie. Quand il a appris sa mort au téléphone, par la voix blanche de son compagnon, sa réaction spontanée a été le soulagement. Il obtenait la permission de recommencer sa vie. Rapidement, la douleur est venue, totale, paralysante. La liberté, pour faire quoi ? Quelle femme aurait pu tenir la place qu'avait occupée Marie-Ève ? Elle avait façonné son être même, elle l'avait aidé à se connaître. Sans elle, il n'était rien. Il y avait eu Monique et leur amitié amoureuse. Pesait-elle bien lourd à côté des années écoulées en compagnie de l'épousée ? Tant d'années d'expérience commune, tant de projets, l'arrivée des enfants dans leur vie, les complicités répétées.

— J'ai toujours la photo de ta mère dans la bibliothèque. Tu seras peut-être surpris d'apprendre que j'ai glissé la semaine dernière dans mon portefeuille le portrait miniature que tu avais fait d'elle à l'époque. Tu devais avoir seize, dix-sept ans.

— Ta fille avait tous les talents. À l'état embryonnaire, évidemment.

— Tais-toi, tu es très bien. Parfois, le soir, je nous revois, ta mère et moi, jouant au scrabble ou écoutant un disque. Vous, les enfants, vous étiez dans vos chambres, à dormir probablement. J'aimais lui parler. À elle plus qu'à personne d'autre. Maintenant, je suis presque muet. À qui pourrais-je parler ? Je le disais à Raymond tout à l'heure, mes amis sont disparus ou complètement gâteux. Il y a aussi, évidemment, ceux à qui je ne désire pas parler parce qu'ils ont pris des orientations qui ne me plaisent pas. Je n'ai jamais été très facile à vivre. J'en paye le prix.

Johanne demande si elle peut allumer la télévision. On retransmet un concert d'un joueur de bandonéon dont elle s'occupe. Un monstre, à ce qu'il paraît, mais un artiste dont on parlera. Louis entend le nom d'Astor Piazzola pour la première fois. Il s'agit d'un vague épigone en tournée nord-américaine. Johanne a promis de l'écouter à bas volume. Elle peut même hausser le niveau d'écoute. Il est sourd de toute manière. Johanne manie la télécommande avec une aisance qui l'étonne. Avec les gadgets, Louis est tellement maladroit. Elle vient d'avoir un mouvement qui met ses seins en valeur.

— Tu n'as jamais songé à vivre avec quelqu'un? demande-t-elle en faisant la moue parce qu'on vient d'interrompre la retransmission à cause d'un accident survenu à un ministre.

— Ça m'arrive.

C'est la première fois qu'il en fait si directement l'aveu. À Raymond qui l'a si souvent bassiné à ce propos, il n'a jamais répondu que de façon évasive. En vérité, ce souci ne l'a jamais complètement quitté. Il vit seul, rarement de façon sereine. Il y a eu les cours d'italien, certes, mais aussi d'autres tentatives infructueuses pour briser sa solitude. La compagnie d'une femme lui manque. Il a même déjà retenu madame Lussier à déjeuner pour entendre la voix de quelqu'un. Elle a parlé de ses enfants, de la vie toujours difficile, de ses maux de dos, mais au moins il n'était pas seul. Combien de fois, ces dernières années, ne s'est-il pas rendu au centre commercial voisin dans la seule intention d'y rencontrer une compagne éventuelle ? Elle serait esseulée comme lui, elle aurait à peu près son âge, serait veuve, aimerait les livres. Ces initiatives, trop timides, n'ont rien donné. Il n'a jamais été du genre à aborder une inconnue. Il ne le faisait pas à vingt ans, encore moins à plus de soixante ans. De même s'est-il obligé à aller à deux ou trois lancements. En pure perte. Les femmes qu'il y a rencontrées étaient de peu d'intérêt pour lui. Elles papotaient d'une façon qui ne lui plaisait pas ou encore semblaient surtout portées à faire étalage de leurs connaissances. Un jour, il avait même fait paraître une petite annonce dans le *Journal de Montréal*. Il s'y décrivait comme « un homme dans la soixantaine, recherchant femme sérieuse, point pédante, aimant les belles-lettres, souhaitant relations durables ». Des quelques réponses qu'il avait reçues, aucune ne l'avait convaincu. L'une provenait d'une cinglée, l'autre d'une quinquagénaire à la recherche de sécurité, la troisième mettait des « e » muets un peu partout, la quatrième semblait une déséquilibrée sexuelle.

— Ce n'est pas à rester à l'intérieur de tes quatre murs que tu trouveras quelqu'un. Non, mais regarde-moi, je suis en train de te vanter la vie à deux. C'est d'un ridicule !

Elle affirme qu'il n'est pas né celui qui la convaincra de vivre avec lui. À bien y penser, ajoute-t-elle, elle n'est pas si mal quand elle est libre d'attaches. Louis sait bien qu'elle ne dit pas la vérité, qu'elle cherche surtout à se convaincre.

J'ai tout fait pour retenir Johanne. Contrairement à mon habitude, je n'ai pas louvoyé. Comment le faire avec elle ? Trop perspicace. Les tactiques, elle les décèle toujours. Pendant combien de minutes encore pourrais-je compter sur sa présence ? Dix, quinze, en profiter au maximum. Elle s'est aperçue de mon manège, elle s'en amuse.

— Tu n'as rien mangé ? Tu veux que je te prépare quelque chose ?

— Toi, faire à manger, tu n'es pas sérieux ! Et puis, il y a les olives.

Je proteste, l'assure que je sais maintenant apprêter une bonne omelette aux champignons, bien baveuse. Il a bien fallu que j'apprenne.

— Je ne mange jamais le soir.

— Même pas de potage de légumes ? Je n'aurais qu'à faire réchauffer.

Depuis quelques minutes, et pendant que je cherchais un sujet qui puisse retenir Johanne un peu plus longtemps, je me suis mis à penser à Monique. Je l'appellerai tout à l'heure. Il le faut. Comme je ne suis pas vraiment sûr d'être prêt à faire cette démarche, d'avoir les mots qui conviennent — on ne revient pas après des années sans prendre ses précautions —, j'essaie de retarder le moment.

— Papa, il faut que j'y aille.
— Il y a quelqu'un qui t'attend ?

Elle se met à pleurer à chaudes larmes. Quel maladroit ! J'ai prononcé ces paroles en toute étourderie. Bien évidemment, personne ne l'attend. Je m'approche d'elle, lui enserre la taille. La première fois que je tente de consoler Johanne depuis longtemps. Pas pour rien qu'elle m'a souvent reproché d'être insensible. Est-ce ma faute si j'ai toujours mal supporté les contacts physiques ? Johanne ne cherche pas à se défaire de mon étreinte. C'est moi qui la libère.

— Non, papa, personne ne m'attend. Pas ce soir, en tout cas. C'est un peu de moi que tu parlais dans ton dernier roman, non ? Tu sais, la petite Dora qui dans *En attendant la mort* tombe amoureuse d'un écrivain dans ton genre ? C'est moi qui t'ai inspiré probablement.

Je garde le silence. Johanne voit bien que je ne la démens pas. C'est un fait, je n'ai jamais écrit que sur les gens de mon entourage. En les transformant, en les triturant, en leur appliquant mes rêves. Johanne, c'est Dora, un peu plus jeune. Alain, je l'ai évoqué dans *Étranges Visiteurs*. Il sortait alors de l'adolescence, il pleurait souvent. Je ne savais comment l'aborder. Marie-Ève me suppliait de me rapprocher de lui, je faisais des tentatives qui n'aboutissaient pas. Trop occupé à le tenir pour un personnage de roman, j'oubliais d'être réel. Sylvie ne m'a inspiré que pour des détails sans importance. Trop calme, trop uniforme. Marie-Ève a tout imprégné. Je n'ai pas décrit un seul personnage féminin sans m'en inspirer de près ou de loin. Monique est un peu esquissée dans *Les Mauvaises Influences*, trop succinctement, je le crains. Je me suis cru fin psychologue, on me le disait à chacun de mes romans, pourtant je ne voyais rien, je ne m'apercevais qu'à demi de la richesse intérieure des gens que je côtoyais, trop pressé de créer la vie pour la vivre.

— J'ai été pour vous un père bien bizarre. Plutôt pitoyable, j'en ai peur. J'ai mis longtemps à m'en rendre compte. Maintenant que les journées me paraissent interminables, j'ai tout loisir de revoir le passé. Si tu savais, Johanne, comme j'aimerais revenir en arrière. J'ai souvent le désir de vous revoir tous les trois en bas âge. Votre mère serait ce qu'elle était alors, belle, intelligente, attentive. Je serais moins distrait.

Après tout, je me le demande de plus en plus, est-il si vrai qu'on ait besoin de se retrancher du monde pour écrire? Je l'ai cru. Tant pis pour moi. Si au moins j'avais la certitude d'avoir réussi mes livres. Ils ne m'intéressent même plus, ceux-là, très probablement de louables tentatives, sans plus. On se prend pour Kafka, on se réveille écrivain provincial.

— Tu te déprécies, là. C'est bien toi, toujours à t'accuser d'une faute. C'est fini, tout ça, tu as fait ce que tu as pu, c'est tout.

— Je sais que je suis passé à côté de beaucoup de choses. Mes livres, tu sais, il ne faudrait pas tellement insister pour que je les répudie tous.

— Ne dis pas ça. Tu n'as pas le droit.

Je me suis trompé. Mais au moins ai-je été habité par un rêve. Il était quand même plus que supportable de vivre dans un monde de substitution. À certains moments, Marie-Ève et les enfants n'étaient qu'un murmure qui me portait. Je parvenais quand même à en sentir la douceur.

— Je me souviens qu'il m'arrivait même de ne plus vouloir entendre vos voix. Elles me dérangeaient. Je n'aimais plus vos rires, vos chants, vos jeux. La porte de la bibliothèque était fermée, tu te souviens, je me cloîtrais, pauvre idiot que j'étais, je passais à côté de l'essentiel, je le sais maintenant.

Johanne se lève. Est-ce le signe de son départ ? Aurai-je le courage de téléphoner à Monique ? Johanne revient bientôt, une clémentine à la main.

— Je reste un peu. Prendre le taxi les yeux rougis, ça ne me tente pas tellement.

— Rien ne presse. Dis-moi, as-tu été étonnée de m'entendre ? Tu sais, la rengaine du passé, les regrets, tout ça.

— Honnêtement, non. Je savais qu'un jour tu en viendrais là. J'ai toujours pensé que nous avions plusieurs points en commun, toi et moi.

— C'est vrai ? Tu trouves ?

— Toi et moi, on ne supporte pas tellement les mensonges.

Où va-t-elle chercher tout cela ? J'ai passé ma vie à mentir. Écrire, c'est mentir. Si j'avais eu du talent, j'aurais au moins réussi un livre qui le prouverait hors de tout doute. Un livre que personne ne lirait. Car les gens supportent mal qu'on leur raconte des évidences, surtout si elles sont tristes. On n'a qu'à jeter un coup d'œil sur les fadaises dont ils se contentent. Johanne dépose sa dernière pelure de clémentine dans le cendrier en étoile que j'ai tenté de refiler à madame Lussier, qui n'en a pas voulu.

— Tu peux fumer si tu veux.

Johanne me regarde. Ai-je oublié qu'elle ne fume plus depuis deux ans ? Décidément, elle est splendide. J'ai de la chance qu'elle soit là. Comme je souhaiterais qu'elle ait enfin une vie amoureuse satisfaisante ! Une pensée m'assaille tout à coup. Laurent Lemire, qui a eu un destin sentimental si mouvementé, a dû voir défiler des femmes dont certaines avaient sûrement le profil de Johanne. Il a donc été un peu bourreau. Et puis, non, qu'est-ce que j'en sais ? Il avait quand même des qualités, il plaisait, il était généreux. En sa compagnie, les femmes devaient être heureuses pendant au moins quelque temps.

— C'est triste, ici, tu ne trouves pas ? Dis-le moi, c'est moche, non ?

— Moi, je ne trouve pas.

— Remarque, je m'imaginerais mal vivre ailleurs. Je partirai un jour. Quand ? Je n'ai qu'à penser qu'il faudra déménager, m'habituer à un autre entourage.

Johanne passe sa main dans ses cheveux. Un geste

nerveux. Vais-je lui offrir de partir avec quelques livres ? Elle n'a jamais tellement lu. Des romans policiers surtout, de la science-fiction, des bandes dessinées.

— Je te remercie. Je ne lis pas beaucoup de ce temps-ci.

— Sylvie a mis la main sur tous les Colette, tous les Julien Green.

— Et Alain ?

— Je ne lui en ai pas parlé. Je ne me vois pas faire des colis, les lui faire parvenir. Avec lui, on ne sait jamais si dans six mois il ne sera pas en poste à Londres ou à Paris.

J'ai à peine terminé ma phrase que Johanne se remet à pleurer. Elle est en pleine détresse et je ne songe qu'à ma bibliothèque. La panique me gagne.

— Ma pauvre Johanne, je peux t'aider ?

Venant de moi, ces mots sont étranges. Combien de fois ne me suis-je pas comporté en parfait égoïste avec elle ? J'ai même été brutal à l'occasion. Pendant quelques années, j'étais inconsolable à la pensée qu'elle ne veuille pas faire d'études supérieures. Je lui ai battu froid pendant des mois à ce sujet. Je ne comprenais pas que mon enfant avait d'autres intérêts. Pour Johanne, seul l'amour compte. Condamnée pour toujours à pourchasser le bonheur.

— Tu ne peux pas m'aider. Je suis rendue trop loin. Ou plutôt nulle part. Excuse-moi, je suis sotte. Je n'aurais pas dû venir ici ce soir. Tu n'as pas besoin d'entendre mes jérémiades. Si je n'étais pas venue, tu m'en aurais voulu ?

— Je ne crois pas. Vous avez vos vies à mener.
Côté travail, ça va ?
— La routine. Je préfère, d'ailleurs. Les relations publiques, ça ne rime à rien évidemment.
— La dernière fois, tu m'as parlé d'un poste qu'on t'offrirait peut-être, ça se précise ?
Abandonnée, cette affaire. Elle n'y attache pas la moindre importance. Actuellement, son revenu est convenable, elle emménagera dans un appartement moins exigu dans le centre-ville.
— Qu'est-ce que j'en aurais fait, de ce job ? Ce n'est pas ça qui m'aurait calmée. J'ai quarante ans, papa, je n'ai rien accompli de bien sérieux. Si, au moins, j'avais continué à peindre.
— Tu y as songé ?
— Bien sûr que si. Mais, pas sérieusement. Je ne sais même pas si j'ai le tout petit peu de talent nécessaire pour barbouiller une toile. Je manque de constance. Ça paraît même dans mes relations amoureuses.

Que dire à Johanne qui n'apparaisse pas comme du pur babil ? Elle se lève. Plus question de retarder son départ. Elle s'informe de l'état de mes jambes. Je réponds n'importe quoi. Dans cinq minutes, au plus tard, j'aurai Monique en ligne.

Louis n'a jamais été patient. Le vieil âge n'a rien arrangé. Après le départ de Johanne, il s'est empressé de s'emparer du téléphone. Entendre la voix de Monique, la seule priorité. Le cœur serré. Comme aux moments importants de sa vie. À trois reprises, il a formé le numéro. La ligne toujours occupée. Au bout de dix minutes, il s'est dit qu'il renonçait à poursuivre sa tentative. Le lendemain, il serait toujours temps. À peine avait-il commencé à se dévêtir qu'il optait pour une tout autre solution.

L'immeuble où loge Monique a été construit dans les années trente. En son temps, un bâtiment en pierres grises qui se donnait des allures victoriennes grâce à des approximations architecturales qu'à peu près personne ne remarquait, du reste. Les années passant, et après quelques poussifs efforts de rénovation, il n'inspire pas tellement confiance. Monique habite au cinquième. L'ascenseur est d'une lenteur désespérante. Louis n'a pu retenir un soupir d'exaspération quant au troisième une dame nettement obèse a mis un temps fou à s'extirper de la cabine. Elle lui a jeté un regard méchant, a même glissé une insulte qu'il n'a pu comprendre.

Le cinquième, enfin. Il y a trente ans peut-être, il a reconduit Monique à la suite d'une réception aux Éditions du Peuplier. On était en hiver. De cela, il est sûr. Est-ce à l'occasion d'un prix que venait de recevoir un auteur de la maison? Il ne se souvient plus. Ils avaient un peu bu tous les deux. Prendrait-il un café ou un cognac? Il l'avait suivie dans l'appartement. Plutôt bien décoré. Des plantes vertes un peu partout. Trop, à son sens. Aucun luxe évident. C'était bien avant qu'elle fasse la rencontre d'Éloi, son homme d'affaires promu au rang d'universitaire. Comment expliquer qu'elle habite le même appartement après tant d'années? Son ami pouvait pourtant lui payer un loft dans le Vieux-Montréal ou un cottage à Westmount. Était-il pingre ou n'attachait-il aucune importance à son décor de vie?

Louis a revêtu le seul costume qu'il possède. Légèrement élimée aux coudes, sa veste a été à la mode il y a un peu plus de vingt ans. Les chevrons du tweed n'ont plus la même netteté, la coupe surtout porte la marque d'une époque révolue. Que dire de sa canadienne à carreaux noirs et rouges à laquelle il manque deux boutons? Il s'est rincé la bouche plusieurs fois, à cause du sancerre, s'est rasé, s'est aspergé de lotion.

Quand il sort enfin de l'ascenseur, Louis se sent comme un adolescent qui, à la sortie d'un collège pour jeunes filles, attend la fin des cours. En son temps, c'est ainsi que les choses se passaient après tout. L'impression de commettre une indélicatesse, le désir irrépressible de parler à l'autre. Monique est sûrement chez elle. Elle aura été en conversation avec une amie. À moins justement qu'elle n'ait prêté son appartement pour quelques jours. Louis n'est plus qu'à quelques pas de l'appartement 508. Il aurait dû signaler son arrivée dès le hall d'entrée. Est-ce parce qu'il craignait la réaction de Monique, il a préféré profiter de ce qu'un gringalet portant béret noir fasse le code pour pénétrer dans l'immeuble en même temps que lui. Il le regrette bien un peu. Reprendre l'ascenseur, il n'y songe même pas.

Avant de frapper, car il n'envisage pas de sonner, il colle son oreille à la porte. Il n'entend aucun bruit. Si, le murmure lointain de la télévision. Une porte s'ouvre, celle de l'appartement 510. Louis a à peine le temps de se retourner. C'est une femme plutôt jeune. Une eau de toilette de mauvaise qualité. Il se penche, fait mine de nouer un lacet. L'inconnue ne prête pas attention à sa présence, se dirige vers l'ascenseur. Louis sort son vieux carnet d'adresses. Celui que les Éditions du Peuplier offraient en 1985 aux acheteurs de trois romans. L'ascenseur s'annonce. La jeune femme lui lance un regard hostile. Peut-être croit-elle qu'il est un indésirable. Fagoté comme il est, rien d'étonnant.

Il toque à la porte. Deux petits coups. Trop discrets. Il frappe de nouveau, plus distinctement cette fois. Un bruit de pas. À l'époque, il s'en souvient, une moquette gris anthracite couvrait le sol. Elle a dû la faire enlever. Déjà, elle disait préférer les par-

quets. Les pas s'arrêtent. Monique doit jeter un coup d'œil au judas optique.
— C'est moi, Louis. Louis Audry.
Sa voix est à peine audible. Le son de la télévision ne lui parvient plus. La porte s'ouvre enfin. Monique sourit.
— Entre.
Il bredouille des excuses, dit confusément qu'il aurait dû annoncer sa visite, explique qu'il a tenté de la joindre à quelques reprises un peu plus tôt. Elle l'invite à s'asseoir. Sous son peignoir rose, un pyjama en flanelle. Elle était déjà frileuse à l'époque.
— C'est une belle surprise! dit-elle.
La voix n'a pas tellement changé. Ses yeux ont la même tristesse.
— Je ne sais pas ce qui m'a pris. Si, je le sais. Un besoin de te voir. Je n'ai pas tellement changé, je résiste mal aux impulsions. C'est bien de m'avoir laissé entrer.
Il le lui dira dans quelques jours, mais pour l'heure il est incapable de lui avouer qu'il a besoin d'elle. Besoin d'une compagne, mais d'elle surtout. Peut-être s'illusionne-t-il mais il croit qu'enfin il peut offrir en échange un certain réconfort. Le temps fuit inexorablement, chaque minute compte, il faut devancer l'instant fatal. Il ne sait plus si l'avenir rétréci qui est le sien lui permettra de connaître de nouveau auprès de Monique une qualité d'affection semblable à celle qu'elle lui a déjà apportée, mais il ne peut plus ignorer qu'il étouffe dans sa solitude. La vieillesse, quelle misère!

— Tu veux quelque chose ?
 Il répond qu'il a déjà trop bu. Il ajoute qu'à son âge on paie cher les excès. Elle proteste. Il prendra bien un café ?
 — Le café m'est interdit. Trop gras. Surtout le soir. J'ai le sommeil très léger.
 — Tu n'as jamais tellement dormi. Raymond n'en revenait pas. Tu te souviens ?
 — J'ai beaucoup de mémoire pour ce genre de détails. Et toi ? Raymond m'a dit que tu cherches du travail.
 — Il est bavard, celui-là. À vrai dire, je ne veux qu'une petite pige. En vieillissant, on n'a pas tellement de besoins à satisfaire.
 — C'est bien, chez toi, se sent-il tenu de dire, en indiquant du doigt une petite sculpture en ébène qui pourrait être de Giacometti. Une reproduction habile sûrement.
 — Un cadeau de Laurent Lemire.
 — Ah ! bon !
 — En tout bien tout honneur, si tu vois ce que je veux dire. Il n'était pas mon genre. Il avait publié chez nous. Je lui avais rendu quelques petits services. Il a voulu me remercier. Tu as appris sa mort, évidemment ?
 — Un autre disparu.
 — Vous aviez renoué ?
 — Penses-tu ! Je suis coriace, tu devrais le savoir.
 Elle s'était éloignée, elle revient un plateau à la main. Deux tisanes au tilleul.

— Du sucre ?
— Ça aussi m'est interdit.
Elle s'excuse de n'avoir pas songé à lui souhaiter un bon anniversaire. Il répond qu'on n'a pas cessé de le faire tout au long de la journée. Elle s'informe de ses enfants qu'elle a connus dans leur enfance.
— Et Johanne, toujours aussi jolie ?
Il avance des généralités. Ce n'est pas le moment de raconter que sa fille est irrémédiablement paumée. Pour elle, croit-il, le bonheur sera toujours un leurre. Dans quelques mois, dans un an, elle redeviendra amoureuse pour aboutir aussitôt à un autre échec.
Louis s'habitue peu à peu au visage de Monique. Il croyait se souvenir de ses traits, il avait inventé une étrangère. La Monique qu'il a devant lui, et qui à l'instant présent baisse les yeux, est une femme mûre. Son corps s'est à peine épaissi, ses traits sont ceux d'une femme dont la beauté est toujours évidente. Il ne se sent pas le droit de reprendre tout de suite le ton de leurs conversations passées. Il trouverait probablement les mots qui conviendraient, mais il a peur de la heurter.
— Tu dois me trouver vieux.
— Tu n'as pas tellement changé. Il y a bien les cheveux, tu en as moins.
— La couronne, tu l'as vue évidemment. Mes cheveux sont plus blancs. Ma tête chenue, comme disait Lemire.
— Je ne croyais pas que nous nous reverrions. C'est une bonne idée que tu as eue.

— J'y pensais depuis longtemps. Je n'osais pas. La dernière fois, après tout, je ne me suis pas très bien conduit.

Aux Éditions du Peuplier, une fin d'après-midi. Les affaires battaient déjà de l'aile, un imprimeur menaçait de poursuivre, la subvention du Service des lettres tardait. Elle avait choisi ce jour pour lui annoncer en aparté qu'elle vivait avec quelqu'un depuis un mois. L'élu, un timide qui venait parfois l'attendre après le travail. Il parlait sans cesse de ses cours à McGill. Six ou sept ans plus tard, lors d'une de leurs rencontres, Louis avait reproché à Monique, à mots à peine couverts, ce qu'il tenait encore pour une trahison. Ils ne s'étaient plus revus.

— J'ai été odieux. Éloi était un homme doux, il t'aimait, c'était manifeste. De quel droit pouvais-je l'attaquer?

— J'ai tout oublié. Quand je pense à toi, j'ai d'autres souvenirs. Au travail, tu étais parfait.

Facile à vivre aux Éditions, vraiment tout le monde était d'accord là-dessus. Mais avec Marie-Ève, avec les enfants, très soupe au lait. S'il avait vécu avec Monique, se serait-il conduit autrement? Elle était plus amène sûrement que Marie-Ève, moins prompte à la riposte, plus triste aussi, il se serait probablement mieux contenu.

— Ce serait bien, tu ne trouves pas, que nous prenions l'habitude de nous voir de temps à autre. Je te l'offre, ne me réponds pas tout de suite.

S'il osait, il lui proposerait de s'installer chez lui.

Il le fera un jour prochain. Il lui reste peu de temps à vivre. Du moins de façon plus ou moins consciente. Qui lui dit qu'il ne sera pas victime bientôt d'un accident cardiovasculaire qui le paralysera pour toujours ? Laurent Lemire, comment se débrouillait-il avec sa maladie de Parkinson ?

— Moi, je veux bien. Tu ne crains pas de t'ennuyer avec moi ?

Elle dit qu'il se passe très peu de choses dans sa vie. Elle s'occupe de son père qui vient d'atteindre sa quatre-vingt-dixième année. Tous les midis, elle lui sert à manger au centre gériatrique où il perdure. Il ne la reconnaît plus, s'imagine certains jours qu'elle est sa sœur ou sa mère.

— Tu as toujours été très attentive aux autres. Marie-Ève me le disait toujours, elle avait beau trouver parfois que j'étais trop près de toi, elle estimait que je te payais mal. Tes augmentations, c'est à elle que tu les dois.

Monique s'esclaffe. Un rire sonore qui lui rappelle des jours heureux.

— Tu permets que je t'embrasse ? demande-t-il tout à coup.

Elle s'approche. Il dépose un baiser furtif sur sa joue, s'excuse de la rugosité de sa barbe. Son rasoir électrique fonctionne mal, il faudrait en changer les lames.

— Toi et la vie pratique ! Comment tu te débrouilles ?

— Couci-couça. Autour de moi, tout se déglingue

peu à peu. C'est parfois même touchant. J'ai toujours été ému par les ruines.

Elle lui dit qu'il est un enfant. Elle a conservé son habitude de placer sa lèvre inférieure derrière ses dents, un geste de nervosité qu'il a toujours apprécié.

— Tu sors quand même un peu ? demande-t-elle.

— Pratiquement jamais.

— Même pas dans ton quartier ?

— Rarement. Chaque fois, je me rends compte de changements. Je suis rarement d'accord. Je voudrais que tout reste dans l'état.

Elle cite le titre d'un roman allemand qui traite de ce sujet. Son auteur, pour lui un inconnu. Rien d'étonnant à cela, la vie pour lui s'est arrêtée depuis longtemps. Il demande des précisions. Elle rattache ce roman à un recueil de nouvelles d'un Finlandais.

— Tu lis toujours beaucoup, à ce que je vois.

— J'ai tout mon temps.

— Moi aussi. Pourtant, je ne lis presque plus. Tu te souviens de nos rentrées d'automne ? Il nous semblait que tout était urgent. Il fallait se dépêcher pour distancer un concurrent, pour plaire à un auteur. Nous nous imaginions que notre avenir allait se jouer sur un livre. Il était enfin publié, nous attendions fébrilement les résultats. Très souvent, ils étaient décevants. Je ne regrette rien. Je referais les mêmes bêtises.

Elle dit qu'il ne faut rien regretter. Vient toujours un temps où il faut tirer sa révérence. Il l'approuve. Raymond lui a pourtant signalé tout à l'heure qu'elle n'a pas compris pourquoi il a jeté l'éponge. Il se justifiera plus tard. Il se rend compte qu'il est près de minuit. Une angoisse soudaine s'empare de lui. La même qui, chaque nuit, le tient éveillé pendant une heure ou deux.

— Il n'est pas bon de vivre isolé, dit-elle. Tu devrais sortir un peu. Moi, je vais au cinéma, même si la plupart des films ne me plaisent pas.

— Je n'ai rien vu depuis longtemps.

— Le théâtre, j'aimerais bien de temps à autre. Y aller seule, j'en suis incapable. J'ai perdu ma meilleure amie. Tu la connaissais, Annette, tu te souviens ?

Il revoit une brunette un peu enveloppée qui avait dit un jour aux Éditions du Peuplier que Racine l'ennuyait. Du coup, il avait décrété qu'elle était sotte. À l'époque, il croyait avoir un jugement littéraire à toute épreuve. Il en est moins convaincu maintenant. Les avis tranchants, il faut les laisser à la petite Pascale. Après tout, elle a tout le temps de les affiner.

— J'irais bien au théâtre avec toi. Ou au cinéma. Ou au restaurant.

Louis s'en veut d'avoir été trop direct. Mais il se fait tard. Non qu'il ait tellement sommeil, toutefois il ne doit en rien indisposer Monique.

— Je veux bien.

Il dit qu'il a beaucoup aimé la revoir. Monique a un sourire qui représente pour lui toute la douceur du monde. S'il s'écoutait, il la remercierait avec une plus grande effusion, l'enserrerait, lui révélerait toute sa désespérance, mais il craint de brûler les étapes. Il est tout à coup rempli d'un curieux espoir. Pour la première fois depuis longtemps, il n'a pas l'intention de maugréer ou d'ironiser. Monique lui demande s'il souhaite vraiment rentrer chez lui. Elle lui offre de passer la nuit sur un divan.

MISE EN PAGES ET TYPOGRAPHIE :
LES ÉDITIONS DU BORÉAL

ACHEVÉ D'IMPRIMER EN OCTOBRE 2004
SUR LES PRESSES DE L'IMPRIMERIE GAUVIN
À HULL (QUÉBEC).